獵財筆記

月關 著

之3 商海獵金

目錄

第一章 財務內鬼 005
第二章 新娘不是我的心酸 025
第三章 生意場上的一枚籌碼 049
第四章 以攻為守 075
第五章 疑竇 103
第六章 女人的第一次 127
第七章 心中的地位 153
第八章 醉後的一個吻 175
第九章 婚姻的門檻 199
第十章 陰差陽錯的緣份 223

第一章

財務內鬼

徐海生臉色變了，沉聲道：「老弟，你這麼做，讓我怎麼對他們交代？」

張勝亦沉聲抗道：「徐哥，不這麼做，你讓我如何向公司上下交代？」

徐海生牙根一咬，腮上青筋一振。

張勝毫不示弱地迎視著他，一字字道：

「徐哥，我相信，換作是你，你也會這麼做。」

徐海生心中憤怒不已，

他萬萬沒想到自己一手扶持的傀儡，居然有一天站出來和他作對。

「來來來，張勝啊，公司我不方便過去，所以特意邀你來家裏一趟。呵呵，這趟去日本，給你捎了點東西。一套日本第一品牌的DHC化妝品、還有一個LV貝殼包，送給你女朋友，你們年底結婚嘛，我還帶回來兩套日本名牌男女時裝，就當是送給你們的新婚禮物了。」徐海生笑吟吟地說著，指了指放在大廳裏琳琅滿目的一堆禮物。

張勝怔了怔，勉強露出一個笑容，道：「謝謝徐哥，你太破費了。」

徐海生爽朗地大笑起來，他親熱地攬著張勝的肩膀，按他在沙發上坐下，然後又打開酒櫃，取出兩隻水晶杯，斟滿XO美酒，笑吟吟地遞給他一杯，在他側面坐下，蹺起二郎腿，打趣道：「其實，日本第一名牌不是這些東西，而是日本女人，只可惜呀，給你你也不敢要，否則大哥就給你拐一個回來。」

張勝笑笑，放下酒杯，緩緩搓了兩下手掌，終於抬起頭來，直視著徐海生的臉，鄭重地道：「徐哥，我有件事想問你。」

徐海生心中一跳，不知怎麼的，面對這個他一手帶出來的小弟時，他竟然有點緊張的感覺，這在他來說，是很少見的事，不管多強大多難纏的對手，他都很少會有如此緊張的時候。

「你說吧，其實現在公司已經上了軌道，你的事都處理得很好，我都已經漸漸淡出了，我相信有什麼事你都能處理得很好。」徐海生搖著杯中的美酒緩解著自己的情緒，故作平靜地笑道。

「徐哥，公司財務上出了點問題。」

「什麼？」徐海生「吃了一驚」，緊張地道：「出了什麼事？我介紹的那幾個人，處事一向還算穩重，他們……難道竟敢……」徐海生的臉色變得難看起來。

張勝苦笑一聲，一句「不要再做戲了」的刻薄話竟然說不出口，他歎了口氣，繼續說道：「公司有幾筆鉅款去向不明，包括付給二建和四建的工程款，我查過公司賬務了。財務那幾個人，怕是沒有膽子動這麼大一筆錢，我問過……」

「喔，原來你說的是這件事啊。」徐海生一拍額頭，一副放下心來的樣子，朗聲大笑起來。

張勝見他一副如釋重負的樣子，不禁愕然：「徐哥，你這是……」

徐海生笑著擺手道：「你可把我嚇壞了，我還以為我介紹進公司的那幾個人犯了事，原來是為了那幾筆款子，哈哈，不要擔心，不要擔心，那筆錢是我臨時周轉借用一下。」

「什麼？」張勝本來預料要從他嘴裏問出真話，還不知有多難，想不到他居然一口承認了，而且還笑得這麼坦然。

徐海生笑吟吟地點頭，撫著大背頭道：「是啊，你知道，我的主業不在公司這邊，我告訴過你，一直在搞融資，最近資金比較緊張，從銀行貸款比較麻煩，手續繁瑣，等款子到手就沒有用了，商機不等人啊，所以從賬上劃過去一些暫時應急的。原想著，手頭稍一鬆動，就把錢劃回來，想不到……哈哈哈，這個事情你就不要擔心了。」

徐海生在得悉張勝已經掌握財務部私自挪用款項的事情，經過緊張思索之後，他想出的對策只有一個，那就是坦誠以告。

這是對待一個君子最好的辦法，資金的挪用不可能沒有一點蛛絲馬跡，張勝雖不懂財務，卻很懂得用人，他直接托哨子從萬客來超市借了四個精明強幹的會計師入駐匯金公司，全面清查賬務，避是避不開的。

要想把假話說得像真話，那就只有七分真，三分假，那才能真真假假，令人難辨，這時再打打感情牌，才能避免徹底決裂。

而這一手果然奏效，張勝見他一口承認，懸著的心果然放下了大半，但是他仍然極為不悅，這是一種本能的反應，他已不再是兩年前的張勝了，在他的王國裏，他已經做了兩年的王者，而王者的權威是不容侵犯的。

儘管是他最為信任和尊敬的人，但是完全不和他打招呼，私自動用公司的款項，他這個公司老總對此毫不知情，這是任何一個領導者都不能容忍的事情。

「徐哥，這公司你的股份最多，照理說要不是你讓著我，這董事長就該你當，那時，還不是你想怎麼用就怎麼用？可是你既然把公司交給了我，這麼大的事就不該瞞著我，至少你該知會我一聲，是不是？」

「這個……」徐海生滿臉為難的表情，他見張勝一臉不悅，沉思片刻後，終於一拍大腿，說道，「咳，既然你都知道了，我再不說，讓你一番誤會，就傷了咱們兄弟和氣了。」

他笑笑，說道：「那我就對你實話實說吧，我搞的融資，主要是證券投資和企業兼併、重組、包裝一條龍服務，這些生意利潤驚人，但是……風險也大，我本想拉你一起入夥，不過你這人太過踏實，熱衷於搞實業，這種高風險的事，很難讓人動心。畢竟……」

「畢竟企業破產兼併一類的事情，主要是同國企和政府部門打交道，迎來送往不說，還難免有一些不太上得了台面的東西，我知道你比較反感這些，所以才瞞著你……其實我也知道你不會不肯借款，只是一旦公司的資金被我用了，你不能不關心，問起來，有些事我又不便啟齒。」

張勝一點就明，這兩年利用眾多國有企業轉型，大發國家財的事他是聽說過的，其中會循正當合法途徑的少之又少，很多都免不了官商勾結的幕後交易，徐海生不願張揚此事，也就在情理之中了。

不過徐海生猜的是對的，這樣的事，難免有著太大的經營風險和法律風險，他是不贊成搞這種生意的，如果徐海生直接邀其入夥，他是不願參與的。

張勝想了想，沉住氣道：「徐哥，既然你都說開了，私自挪用的事我也不提了，畢竟，咱們一場兄弟，可既然我知道了，我也不能愣裝沒這回事兒。徐哥，這筆私自挪用的款子什麼時候能還回來？」

徐海生苦笑道：「你要我現在把資金抽出來，我也能辦得到，不過少了資金，我這筆生意就砸在那兒了，損失非常驚人。我說老弟，你不會狠心逼我現在還錢吧？」

「我不會幹斷人財路的事，何況是徐哥你的生意。不過……不過親兄弟，明算賬，這件事，公司裏很多中層幹部都已經聽說了，我作為董事長，不能不給公司上下一個交代！徐哥，你用的錢，畢竟是用在你私人的生意上，與匯金公司的經營無關，所以，你得答應我三件事，這筆錢才借得！」

對張勝來說，最難的事情就是和親近的人抹下臉兒來談生意，所以他的臉漲紅起來，但是他的態度很認真，他正在努力克服著這種心理障礙。

徐海生審視地看了他一眼，微微有些驚奇：「好，你說！」

「第一件事，拆借公司資金，就要簽訂正當合同，按行業慣例付息，你是公司第一大股東也不能例外。」

徐海生無奈地一笑，爽快地道：「好，按你說的辦，你是公司老總，公是公，私是私，理應為公司負責，我答應了。」

張勝的呼吸漸漸平穩下來，又道：「第二件事，資金拆借，應該以動產或不動產作為抵押，尤其是你從事的這種高風險的生意，我個人相信你的能力，相信你生意失敗的可能非常小，但是抵押這一程序不能少，否則難以穩定公司人心，我希望徐哥你能拿出抵押品來。」

徐海生微微有些不悅，不過平心而論，如果兩人位置轉換，把他放在張勝的位置上，恐怕他做得更絕上一百倍，張勝的要求是無可厚非的。

所以徐海生沉吟片刻，還是點了點頭，說：「那好吧，當初咱們是以土地入股的，我占了百分之五十的股份，我就用我的股份做抵押，這樣總可以了吧？」

徐海生擁有的土地股份如今價值遠高於他拆借掉的資金，用它做抵押自無不可，所以張勝欣然點頭：「成，這最後一件事，財務部的幾個人是你介紹來的，這次他們瞞著公司、瞞著我，私自為你挪用款項，他們算是什麼立場？他們畢竟是為公司服務的，不是你個人的工作人員，所以，這幾個人我要都開除了，一個不留！」

徐海生的臉色終於變了，沉聲道：「老弟，你這麼做，讓我怎麼對他們交代？」

張勝亦沉聲抗道：「徐哥，不這麼做，你讓我如何向公司上下交代？」

徐海生牙根一咬，腮上青筋一振。

張勝毫不示弱地迎視著他，一字字道：「徐哥，我相信，換作是你，你也會這麼做。」

徐海生心中憤怒不已，他萬萬沒想到自己一手扶持的傀儡居然有一天站出來和他作對。他並非沒有辦法挾制張勝，他是公司第一大股東，完全可以召開股東會，罷免張勝，自己掌握整家公司，但張勝也可以抽資撤股，保全自己，大家一拍兩散。而且，這麼做需要大量時間，同時徐海生不願走到台前來，這才是最根本的原因。

徐海生目光閃爍，不斷權衡著利益得失，終於呵呵一笑，說道：「好吧，我們兄弟犯不著為了這事傷了和氣，我主要是考慮他們是受了我的連累嘛，既然這樣，我幫他們重新聯繫一份工作好了。」

兩個人都是場面上的人物，這些事情說開了，又聊了些別的話題，漸漸地氣氛又融合起來。

張勝起身告辭的時候，徐海生要他把禮物都帶走，張勝推辭不下，思及徐海生週三就要過生日，到時還他一份重禮還上這個人情也就是了，這才把禮物收下。

兩人的第一次交鋒在徐海生有意忍讓下就這樣結束了，老徐非常乾脆，願賭服輸，做事絕不拖泥帶水，第二天就和張勝簽訂了正式的拆借協議，付月息兩分，本次拆借的資金從現在算起，期限三個月。與此同時，辦理了股份抵押，股權暫時轉入了張勝的名下。

「喂，老婆，今晚有事嗎？」張勝親熱地叫著小璐。

「討厭呀你，人家還沒嫁呢，又這麼叫人家，什麼事啊我的大少爺？」

張勝呵呵地笑起來：「今晚徐哥過生日，舉辦一場宴會，我想帶你一起去。」

「啊？」小璐一聽這種應酬就犯怯，連忙推辭道：「勝子，你自己去意思一下不就好了？幹嗎非要帶我去呀，我一到那種場合就眼暈，應付不來的。」

張勝笑道：「我的未來老婆這麼漂亮，藏在家裏豈不是暴殄天物？」

小璐嗔道：「去你的！」

說著，她有點心虛地左右看了一眼，確定沒有同事注意她的談話，這才壓低了嗓音，對著手機道：「真的要去呀？」

張勝道：「嗯，一定要去，放心吧，只是個小型私人酒會，有我陪你，沒什麼應付不來的。」

「哦……那好吧。」

張勝看看手錶，說：「好，那就這樣，晚上我去接你，好好打扮一下。」

撂下電話，張勝又撥通了內線，對辦公室吩咐道：「晚上我要參加一位朋友的生日宴會，幫我準備一份禮品，品味要高一些，儘快辦妥。什麼？哦，二十萬以內吧。」

張勝準備一份厚禮，而且攜未婚妻出席，如此鄭重其事，完全是為了修補和徐海生之間的裂痕，現在兩人雖說表面上關係如舊，不過心中難免有些芥蒂，這種場合是個難得的機會。

晚上，張勝開車來到小璐的宿舍樓前。年底準備結婚了，張勝與小璐利用週末看了市裏新開發的大樓，最終選定了玫瑰園的一套住房，首期已付，只等著九月底交房了。

張勝在樓下打了個電話，一會兒工夫，小璐就蹦蹦跳跳地跑下樓來，一見他站在那兒，就喜滋滋地撲過來，攬住了他的胳膊。只見她藍色牛仔褲、白色夾克衫，臉上淺施粉妝，頭髮束成馬尾在腦後活潑地搖擺著，儼然一副清純的學生模樣。

張勝兩眼發直，愕然道：「怎麼就這打扮？」

小璐低頭看看，迷惑地道：「哪裏不對了？你不是最喜歡我這樣打扮麼？」

張勝又好氣又好笑地刮了下她的鼻子，說道：「你呀，是帶你參加宴會呀，又不是兩個人逛街，這可不是打扮給我一個人看的。算了，你也沒有什麼拿得出手的衣服，走吧，我帶你去買。」

小璐嘟起小嘴，不情願地站在那兒道：「這樣子有什麼不好？」

張勝一見，好笑地在她屁股上拍了一巴掌，說道：「還不走？」

一巴掌拍下去，小璐一聲嬌呼，伸手捂住了屁股，張勝一臉垂涎地瞄著她後面，嘿嘿笑道：「哇，長得越來越圓潤迷人了，這麼結實，震得我手疼。」

「才沒有，穿的牛仔褲嘛，料子硬。」小璐分辯著，俏臉不由得紅了。

「好好好，是衣料硬，來來，快上車。」

小璐羞羞答答地被張勝拉上了車，忽然沒好氣地反手狠狠拍了一巴掌，拍落在她臀尖上摸索不休的鹹豬手上，瞪起大眼睛，紅著臉「惡狠狠」地道：「亂摸什麼，大流氓。」

張勝嘿嘿地笑起來，他發動車子，無所謂地聳聳肩：「不讓摸拉倒，反正早晚是我的，到時我摸個夠！」

「還說，還說！」小璐反駁不得，羞得直捶他的肩頭，張勝忍不住放聲大笑起來，逗小璐害羞，是他向來樂此不疲的事情。

車子徐徐向外駛去，張勝側了側身，低聲道：「老婆。」

「嗯？」小璐從鼻子裏應了一聲。她從手提包裏拿出一面小鏡子，正在審視著自己的容貌，她雖不喜歡太華麗的裝束，不過和男朋友出門，還是希望儘量打扮得整潔乾淨，不願給他丟臉。

那一聲應答聽著嬌柔無比，聽得張勝心癢癢的，他嘴角一勾，壞笑著道：「剛才我試過了……」

小璐這才抬起頭來，有點不明所以地問道：「試過什麼了？」

張勝臉上還是掛著那種在小璐看來非常淫蕩的笑容，說道：「結實是結實，不過的確不硬，說它柔軟吧，還特別有彈性。啊！嚮往、嚮往啊！」

「去！」小璐總算明白他胡說什麼了，好在他沒說得那麼明顯，小璐只是瞪了他一眼，裝作不明白。

張勝又道：「你知道我在想什麼嗎？我在想……我們的新婚之夜，啊，那時該多麼浪漫啊！對了，你記著啊，買床上用品的時候只買一個枕頭。」

「笨吶你，你說的是雙人枕吧？」小璐想著他和自己睡一個枕頭的情景，心中既甜蜜又歡喜：「那都是配套的，一個雙人枕、兩個單人枕。」

「ＮＯ，ＮＯ，ＮＯ，」張勝搖著手指，「床上哪兒放得下那麼多東西？多的都扔掉，一個單人枕就夠了。」

「啊？那……那……那會不會太擠了點呀？」小璐的臉蛋微紅，結結巴巴地問了一句，越想越覺害羞。

張勝很奇怪地看了她一眼，說道：「一個人用怎麼會擠？」

「一個人？」小璐瞪大了眼睛，急忙問道：「那你呢？」這句話說出來才覺得自己有點情急，畢竟還沒嫁給他，討論這問題似乎有點不太淑女，於是臉蛋更紅了。

張勝若無其事地吹了聲口哨，兩眼看著前方的路，漫聲應道：「哦，我呀，我睡玉枕。」

「玉枕？」

「是啊，最柔軟、最光滑、最有彈性，冬暖夏涼的一塊玉枕，躺在上面，舒服啊！」

小璐信以為真：「真的呀？世上還有這樣的玉？那挺貴的吧？」

張勝一本正經地點頭：「嗯，何止挺貴的，無價之寶！」

「哇！那……能不能……偶爾讓人家也睡一下試試？」

張勝看了她一眼，搖頭道：「你？你不行。」

小璐又嘟起了嘴：「小氣鬼！」

張勝嘿嘿一笑，說：「我是為了你好嘛，你要睡在上面，還得先練練瑜伽，是很難嘛。啊！多麼香豔的枕頭啊，專屬於我一個人的枕頭，嘿嘿嘿，對了，和你商量個事。」

「什麼事？」

「我睡在我的寶貝玉枕上時，你可不許放屁。」

「呃？什麼亂七八糟的，奇怪……」小璐順著張勝「淫蕩」的眼神往自己臀下一瞅，忽地明白張勝說的玉枕到底指的什麼了，她的臉一下子成了大紅布，羞不可抑地道：「討厭討厭討厭，我咬死你！」

張勝忙笑道：「哎哎，不許碰我，我正開車呢。」

「哼，我不理你了。」小璐扭過身去，又舉起了小鏡子。

張勝瞟了她一眼，說：「說到這個美臀啊，我還想起個笑話，你要不要聽？」

「不聽，你盡跟人家講黃色笑話。」

「咳，我敢保證，這個笑話一點不黃，非常健康啊。」

小璐輕撥著額前的瀏海，說：「哦？那你說來聽聽。」

「那還是我也在廠子裏的時候，我們電工班的胡哥有一回午休回廠，半路上看到地攤上擺著一本畫報，挺大的標題，寫的是『世界名車美臀集』。胡哥一見大喜，他已經快要遲到了，也不敢多等，趕緊掏出兩塊大洋把書往褲腰帶裏一塞，就回廠了。到了電工班，他把畫報拿出來欣賞，這一看啊，鼻子差點兒沒氣歪了。」

小璐一聽他又提美臀，就當他又要講黃色笑話，說是不愛聽，可是他要說時，她可沒有一回立即打斷的，這時她倒真聽出興趣來了，忙問道：「胡哥生啥氣？」

「原來啊，胡哥以為裏邊是名車和名模的合影，結果倒好，這本畫冊果然是貨真價實的『名車美臀集』，那一張張照片，照的全是世界名車的車屁股。」

「呵呵呵……」小璐笑得花枝亂顫，她羞嗔了張勝一眼：「你們男人呀，就喜歡這些東西，活該上當。」

張勝忽然頗感興趣地道：「哎，那你們女人呢？你們在一塊兒都討論什麼？」

「不告訴你！」小璐晃著腦袋，笑嘻嘻地氣他，兩個人說說笑笑地一路向市中心商業街行去。

省城商業一條街，最大的億鑫廣場大廈四樓，張勝西裝革履，抱臂等到外面。一會兒，更衣室的門開了，裏邊探出一個小腦袋，像覓食的鼴鼠似的四下掃了一眼，然後飛快地縮了回去。

張勝好笑地道：「喂，早晚要出來的，是不是？大方點，現身吧，美女！」

過了一會兒，門又輕輕推開了，小璐紅著臉，怯生生地從裏邊走了出來，呢喃道：「勝子，我……我還是換一件吧？」

張勝眼前一亮，贊道：「很漂亮啊，為什麼要換？」

他走過去，圍著小璐轉來轉去，嘖嘖贊道：「很美，真的很美。」

小璐穿著一件天藍色的束腰無袖晚禮服，晚禮服非常漂亮、做工精細，恰到好處地襯托出了小璐苗條纖秀的好身材，但是……這件晚禮服的胸口很低，對小璐來說，已經到了無法容忍的地步，領口居然開到了胸部上方，凸起的曲線向下延伸，正是乳溝初起的地方，好在她的胸不是非常豐滿，否則暴露得更多，小璐真要羞到無地自容了。

「你，你要我穿這個？」小璐戰戰兢兢地問。

「是啊，很漂亮啊，到了那裏，一定讓所有的人為之一振，呵呵。」張勝滿意地笑著。

「不要，好不好？我換一件，這件太暴露了。」小璐牽著他的衣角，怯生生地哀求。

張勝不以為然地道：「哎，換什麼呀，很合適，我很喜歡。」

「可……可……哎呀，我……我肚子有點疼，勝子，我不去了好不好？要不……你讓鍾姐做你的女伴，我好想回去歇一下。」

張勝好笑地道：「肚子疼？那你撫著腦門兒幹什麼？」

「哦！」小璐趕緊雙手抱住肚子，一臉無辜地看著他。

「嗯，不錯，就這件吧，服務員……」

「別，別……」小璐趕緊又拉住他的衣袖，眼見哀兵之策失效，立即使出了殺手鐧，嬌滴滴地道：「勝子哥，你自己看看嘛，胸都快露出來了，你捨得讓別的男人看呀？」

「唔……」張勝捏著下巴，上下打量，沉吟半晌，這才為難地點點頭：「說得也是，我家的好東西，不能便宜了那幫老色鬼。嗯，換一件吧。」

小璐如蒙大赦，趕緊跑回了更衣室。

兩個人換來換去，可是哪有一套符合小璐標準的，最後在小璐要求下，張勝終於放棄選擇晚禮服，讓她自己選了一款白色連衣裙。

當她面帶羞澀地從更衣室出來後，這回張勝連讚歎聲都免了。

高腰線的白色連衣裙，整體線條簡潔流暢，只以素色繡花和蕾絲豐富細節，此外沒有任何累贅的裝飾品，秀髮高挽、優雅的頸項上戴著一串翡翠綠的珠飾，腕上一條細細的金鏈，腳下一雙香奈兒的白色高跟鞋，娉娉婷婷，如出水芙蓉。

「很好，就這一套！」張勝一錘定音，「簡直是奧黛麗．赫本再世，公主與天使的氣質兼備，果然比晚禮服更適合你。」

小璐被心上人贊得臉上如鮮花綻開，但是想想從頭到腳置辦這身裝束的花費，她又輕輕蹙起了眉：「東西是好，可是……真的太貴了。」

張勝掏出金卡，遞給服務員，笑道：「可是物有所值啊，參加徐哥生日宴會的人，非富即貴，不能顯得小氣。」

張勝付了款，帶著小璐走出大廈，在路人驚羨的目光中，小璐既感到自豪，又頗為忐忑不安，她硬著頭皮跟著張勝走，直到上了車才鬆了口氣。

第二章

新娘不是我的心酸

她不知從什麼時候起，自己的心裏漸漸有了張勝的身影，
她知道張勝已經有了女友，
她以為自己把這感情處理得很好，以為自己已經放棄了該放棄的。
可是……今天忽然聽說張勝還有三個月就要結婚了，
一種巨大的失落感突然向她襲來，讓她猝不及防的心生生地痛了起來。

徐海生的生日宴會在一家頗具歐美情調的酒吧裏舉行，這是他一個朋友開的，今天歇業一天，專門為他舉辦生日宴會。到宴的客人不是很多，都是徐海生的知交密友，不過，看得出個個都是功成名就的人物。

張勝送的是一尊價值十八萬八千八的長壽佛，送金子帶了俗氣，送金佛則把貴和雅全都帶上了，而且徐海生是過生日，這禮物正應了題，喜得徐海生眉開眼笑。

小璐看到這些人所帶的女人，一個個都是穿著講究，這才明白張勝的良苦用心，如果真是那身夾克牛仔的打扮，怕是比這裏的女服務生還要寒酸了，那樣可真丟自己男人的臉。

「張總，你的女友真是漂亮！」

酒吧裏到處都是衣著華美、談吐幽雅的美女，其中不乏和小璐一樣漂亮的女孩，甚至相貌過之的也不少，可是論氣質，小璐的清純和她們的優雅貴婦氣質截然不同，她就像一輪皎潔的明月，吸引了所有人的目光。

小璐置身於這樣高貴幽雅的氛圍裏，充分感受到了所謂夫貴妻榮的道理和人靠衣裝的作用，但是小璐對於那些聽起來溫文爾雅、實際內容半點全無的交際聊天全無興趣，也不適應，對貴婦們討論的服裝、香水和保養經驗一竅不通，站在她們中間完全插不上嘴。

只是她性情直爽天真，有些男士被她獨特氣質所吸引，找她攀談幾句，常被她天真有趣的回答逗得開懷大笑，這一來，圍在她身邊搭訕的男人就更多了，著實引起不少自負美貌的女人嫉妒。

張勝一到，就被徐海生拉著引見給幾位朋友，彼此大談生意經，小璐就被好客的女主人引著同別人攀談去了。張勝知道她這是頭一回參加這種酒會，生怕她不適應，不時去看她一眼，見她自知短處，所以到後來淺笑吟吟，多聽少說，倒沒有太過局促，這才放下心來。

這時，和幾位商界朋友談了一陣，他正想過去找回小璐，忽地有人說道：「張寶元先生到了，張寶元先生到了。」

大家扭頭一看，只見黑褲白褂的張二蛋，扶著一枝竹節龍頭拐，大步流星地走了進來，張勝、徐海生等人連忙迎了上去。

「張老，張老，哎呀呀呀，您老怎麼來了？我是晚輩，我的生日哪敢勞動您呀，這不是折我的壽嘛。」徐海生連連拱手地說。

張二蛋爽朗地笑著，伸手在他肩上又是重重一拍，在徐海生齜牙咧嘴時笑道：「放屁，老子要是不來，你不挑理才怪，現在又來假惺惺。哈哈哈……走走走，裏邊談去。」

說著，張二蛋扔下壽星和酒吧主人以及一群迎上來的客人，當先走了進去。

張二蛋一來，張勝還得奉陪，就無法照顧小璐了。眾賓客陪著張老爺子聊了一陣兒，他身邊就只剩下幾個最熟稔的朋友了。只見徐海生和他笑吟吟地低語片刻，張二蛋一拍大腿，連連搖頭道：「難！難啊！」

一個米色西服的男子一邊給他斟著酒，一邊笑道：「您老財大氣粗，這點投資還拿不出來？」

張二蛋嘿嘿一笑，道：「家大業大，也不中用啊。實話對你們說吧，我剛剛辦了採礦證，在佟家鋪子採礦，不瞞你們說，我現在還盼著有人能投資呢。」

他頭一轉，瞧著張勝，便笑道：「小張啊，有沒有興趣搞煤礦，這可是一本萬利的買賣。」

張勝奇道：「您老又進軍採礦業了？」

張二蛋矜持地笑道：「談不上進軍，我現在也是嘗試一下，等摸清了具體情況，才能大筆注資。」

那米色西服裝男子羨慕地道：「擁有一座煤礦，無疑擁有一座金礦。每天只要能正常開工，就有了金子，市面上再一流通，就成了大把的鈔票。據我所知，溫州有個大老闆在山西投資興辦煤礦，投資一億元，兩年就收回成本，其餘都是大賺啊。」

張二蛋摸著腦袋哈哈大笑，連連擺手道：「沒那麼誇張，沒那麼誇張。」不過，他神色間還是難免得意神色。

徐海生也連連點頭，贊道：「還是張老有本事，光是採礦這『五證』，要辦下來，沒有手眼通天的人脈就不容易，更何況還得有各方面都吃得開的能耐，佩服！佩服！」

張二蛋沒理他，對張勝笑道：「這幫傢伙，都是撈偏門兒的，我就瞅著小張實在，是個踏實幹事的人，怎麼樣，小張，我現在攤子鋪得太大，就缺啟動資金，有沒有意思摻一腳？」

張勝大為意動，但是從商兩年，他已經不再那麼衝動了，張勝笑笑，誠懇地說：「張老，我從沒碰過採礦這一行……」

張二蛋不以為然地道：「這有什麼，我也是頭一次，摸著石頭過河嘛，沒個闖勁怎麼成？」

張勝忙道：「不不不，不是這意思。我是說，我想先瞭解一下，起碼知道自己是不是那塊料。再者，我也得盤一下資金，看看有多少錢可以動用，要是只能投個十萬八萬，杯水車薪，您也沒啥用處不是？」

張二蛋聽得中意，眉開眼笑道：「我就說嘛，這孩子實誠，行，行，你好好盤算盤算，三天之內給我句回話如何？」

「好，那就三天，三內之內，我給您回話。」

兩人在這說得火熱，徐海生聽得暗暗叫苦，他通過低價購併侵吞國有資產的生意獲益雖大，過程中卻需耗費極大資金，如今正想著從這兩人那兒拆借資金，想不到這兩個傢伙居然又打主意開煤礦了，這可如何是好？

徐海生和幾個朋友對視一眼，開始緊張地思索起對策來。

張勝把煤礦的事暫時放在心裏，和他們聊起了閒話，男人見面，聊的話題只有兩個，不是工作便是女人，現在工作沒什麼好說的，自然是說女人。

徐海生眉飛色舞地說著在日本玩人妻的經歷，沙發上，一個個道貌岸然的成功人士也聽得眉飛色舞。

張勝虛應其事地笑著，不放心地回頭掃了一眼，恰好看到小璐。她一身素白的衣裳，佼佼不群，很是好認，只見她站在櫃檯旁，頭頂是木屋狀的酒櫃上頂，倒嵌著一只只晶瑩剔透的玻璃杯，映著燈光星星點點有若星辰。

在她對面，一個身穿灰色皮爾卡登西裝的矮個子男人端著杯紅酒，說上一句話，身子便是一頓，好像隨時會直挺挺地鞠下躬去。小璐已經背靠酒櫃，避無可避了，她漲紅著臉蛋，不斷擺著手，似乎在拒絕什麼。

張勝連忙告個罪，離開幾位朋友向她迎去。

「什麼事？」張勝走到小璐身邊淡淡地問，同時瞟了那個矮個子男人一眼。

這男人個頭兒不高，比小璐還矮上幾公分，五十歲上下，臉上有些隱隱的肉疙瘩，鼻子右側有顆紅痣，形象雖然差點，不過那一絲不苟的頭髮、板板整整的西裝，再配上他異常莊重的神情，倒也不容人小覷，怎麼看都不像個登徒子。

「我的，小村一郎，閣下是？」那矮個子老頭兒用刻板的聲音說話了，口音發硬。

「哦，這是大阪小村會社的社長，小村一郎先生。小村先生，這位是我的好朋友，張勝，張先生。」

注意到這時狀況的徐海生及時跟了過來，笑著給雙方介紹。

小村一郎忙把酒杯放下，上身習慣性地向前一彎，伸出雙手，非常誠摯地道：「張桑，非常榮幸，見到你。」

張勝伸出右手和他握了握，低聲問小璐：「他做什麼？」

小璐見那日本人是徐海生的朋友，靦腆地笑笑，說：「沒什麼，這位先生要請我喝酒，還邀請我跳舞，我說不會，他執意不信，總是不停地鞠躬，讓人家挺難為情的。」

「哦，」張勝啞然失笑，扭頭對小村一郎道：「小村先生，我的女友的確不會跳舞，失禮了。」

「啊……哦哦！」小村一郎看看他們兩個，一副恍然大悟的樣子：「張桑的女友？明白，大大地明白。」

說完，小村又是深深一躬。

張勝禮貌地頷首示意，然後引著小璐離開了，邊走邊輕聲道：「那個鬼子沒有什麼不禮貌的行為吧？」

小璐皺著鼻子，煽著迎面飄來的煙氣，說道：「那倒沒有，就是總色瞇瞇地瞅著人家，煩死人了。」

張勝呵呵地笑起來：「男人本『色』，在他們身上會得到很好的詮釋。我估計也是，他再眼饞我的女友，在中國的土地上，總不該為所欲為吧？呵呵，算了，別鬱悶了，咱們到邊上聽聽音樂。」

「嗯！」小璐乖巧地說著，掩著嘴打了個哈欠：「和這些人應酬，真是無聊透了，我聽她們聊什麼服裝啊手飾啊化妝品什麼的，聽得我直睏。」

張勝攬住她苗條的腰肢，附耳低笑道：「當然，我的小璐根本不需要那些東西來點綴自己的美貌嘛。你是天然去雕飾，清水出芙蓉。」

「嗯！」小璐甜甜地笑了，對男友的恭維很是受用，同時，小手利索地向臀後一拍，把剛從腰間滑落的一隻鹹豬手拍落下去。

「徐桑，那位小姐，張桑的女友？」

小村一郎的目光貪婪地追隨著小璐離去的倩影，向徐海生問道。

他就是徐海生從日本請回來幫助他解決購併事宜的那位朋友，徐海生瞟了小璐一眼，會意地笑道：「是的，她是張先生的女友，已經論及婚嫁了，今年年底就要結婚了。呵呵呵，來吧，這邊來，我給你引見幾位朋友，不要盯著看了，你沒有機會的。」

說著，他附在小村的耳朵上，低笑道：「中國，比那位姑娘漂亮的女孩子還有許多，明天晚上我帶你去見識見識。」

「好好好好，是是是是。」小村像小雞啄米似的點著頭，忽然又像撥浪鼓似的搖起來：「不不不，明天的不行，明天的，我約好了人。」

徐海生詫異地道：「喔？你在本地還有朋友？」

小村一郎笑道：「是的，昨天的，偶然相遇。我和他在香港時做過生意的，他的，在這裏有家彩印廠，叫關捷勝，我答應明天赴宴的。」

「哦，是他……」徐海生輕輕抿了口酒，輕蔑地笑了。

張勝和三五好友相約在一間酒吧，這間酒吧處於一條小巷中，門面很低調。不過走進去，感覺味道卻很純正。牆上滿是色彩柔和的歐式油畫，微弱的燈光，七八張桌子，音樂……居然是用一隻喇叭口的老式唱片機播放的，空氣中飄蕩著一陣細細的、柔弱的歌聲，聽不出唱的是什麼，不過感覺是很憂傷的調子。

秦若蘭輕拍大腿，和著拍子，隨著那樂曲淺吟低唱，自得其樂。

張勝笑吟吟地環顧了一圈，問道：「怎麼樣，諸位，你們覺得我可不可以投資呢？常言說三個臭皮匠，頂個諸葛亮。咱們好歹是四個人……」

秦若蘭馬上舉手道：「別別別，別算上我，我是女人，我出來是喝酒的，我不當皮匠。」

哨子翻翻白眼道：「是誰總嚷嚷男女平等的，這時候不是她了。」

「哼！」秦若蘭拿起筷子，敲了一下他的頭。

李浩升沉吟道：「這一行當我也不熟，不過多少瞭解一些，煤就是黑金啊，多少面朝黃土背朝天、日出而作日落而息的農民，就因為當初沒人敢承包的時候，果斷地投身這一行當，現在成了具有千萬身價的大老闆。」

「不過，現在做這一行，難處不小。你剛才說，採礦的五證，張寶元能夠解決，這我信，他的能量，要辦這點事，還是輕而易舉的。不過，首先你得瞭解一下，他包下的礦，是舊礦還是新礦。如果是舊礦，投入雖能減少一半，不過油水怕是也不多，沒太大價值，如果是新礦，倒是可以考慮。」

哨子喝著啤酒，不以為然地道：「我倒覺得，這是個好機會，投資煤礦嘛，就算賺不了大錢，想賠也很難。大不了再轉包出去，值得一幹。而且跟著張寶元幹，還有個好處，一般來說，開礦總得有筆灰色開銷的。」

張勝最忌自己做生意沾上違法的事，一聽灰色開銷，立即警覺地道：「灰色開銷？你指的是什麼？」

哨子解釋道：「做生意，不是關起門來做的，得開門見客，打點四方。比方說吧，首先，你得和煤礦所在地的村民搞好關係，煤才賣得出去，不然，當地老百姓就可以打著影響他們居住環境的幌子封道堵車。」

「所以，最起碼的，附近村民燒飯取暖的煤，你得無償供應吧？你要是願意給現金，那更受人歡迎，假如煤礦附近有一個村子，每人每年發放五百到一千元不等的現金，這一年下來就得八十多萬。」

「還有村幹部你得打點吧？請吃請喝送重禮，得把他們伺候好了。此外，當地政府你得意思意思吧？萬一將來發生事故，政府也會保護你。」

「不過，這筆開支就很難確定了，關鍵看各地政府、部門的胃口到底有多大。村民和政府主要層面的關係理順了，最艱難、最有挑戰性的兩道關也就過了。張二蛋是黑白兩道都吃得開的人物，這些難題有他在，全都迎刃而解了，有這機會為什麼不用？」

張勝聽得暗暗點頭，這些問題他也想過，而且他只是做參股股東，並不是經營者，就算真出了什麼問題，和他的關聯也不大，而且作為合作夥伴來講，張二蛋這個人也相當不錯。他這人重江湖義氣，看他處治自己外甥楚文樓的手段，這個人的處事風格就可見一斑。這樣的人合作起來起碼是叫人放心的，因為他絕不會對夥伴背後捅刀子。

想到這裏，張勝輕輕一拍桌子，說道：「好，那我的主意就拿定了，你們年紀比我小，但是從商的經驗比我豐富，你們也看好，我的信心就足了。」

「我認真調查過採煤的資料，一個設計能力三十萬噸產量的五十人小煤礦，其產出往往達到四十到五十萬噸。它的年產值在一點五億元左右，毛利潤至少可達八千萬元左右。扣除各種費用，就算還包括哨子說的灰色開銷，一年獲純利五千萬元以上還是可能的。」

秦若蘭嫣然舉杯道：「一年純利五千萬，兩年就是一個億萬富翁，來，我們為兩年之後的勝子，乾杯！」

幾人都笑起來，秦若蘭又一拍張勝的肩膀，問道：「勝子，除了生意還有什麼理想，你說說，等你發了大財，都想做些什麼？」

張勝聽了忽然怔住了。他原來過的是朝不保夕的日子，只想著能有雄厚的經濟基礎，能過上好日子。而現在，他已經過上了好日子，可是每天絞盡腦汁地都在想著怎樣把生意做得更大，至於為了什麼，倒一直沒想。現在聽秦若蘭一問，似乎……他已經迷失了本來的方向……

他揉揉額頭，苦笑道：「理想？沒有了吧，我想要的生活，還有……照顧好父母和兄弟，憑我現在的經濟實力也完全辦得到。知心的女友也有了，對了！我還忘了說，今年年底我就要結婚了，到時記得來捧場。」

幾個哥們一聽，頓時起哄道：「真的？你保密工作做得不錯呀張哥，大嫂長什麼樣，一定很漂亮吧？說起來你不夠意思啊，都快結婚的女友了，怎麼一次也沒帶來讓我們見見？」

張勝笑道：「她有自己的工作和事業嘛，平常也挺忙的，今晚她也有應酬。」

哨子不以為然地道：「我說大哥，你現在的資產就算不是大富之家，也屬於人上人了，還要嫂子拋頭露面？」

張勝認真地道：「不是這樣，女人也要有屬於她的事業，她才有靈氣。我找她，又不是要把她擺在身邊當花瓶，因為自己有錢，就要求女友成為自己的附庸？整天偎在身旁，召之即來嗎？等結了婚，我會勸她到我公司來幫忙，如果她不願意開夫妻店，那也由她，我尊重她自己的選擇。事業和婚姻、家庭並不矛盾啊，年輕輕的就讓她當全職太太？」

李爾笑道：「張哥開明，你的女友找上你，是她的福氣。」

張勝但笑不語，但是一臉的幸福、滿足和甜蜜，卻畢露無遺。

坐在對面的秦若蘭臉上的笑意變得越來越勉強，她忽然低下頭去，就像正在地上找著東西，只是大家都沒有發現她的異樣。

李浩升笑道：「這樣說來，倒是沒有什麼大理想了，那就開始享受生活唄。等咱張哥有了錢，天天去按摩，想按腿按腿，想按腰按腰，一次雇倆按摩師，一個按摩，一個觀摩！」

哨子是個球迷，聽了說道：「等我有了錢，天天讓中國隊和皇馬比賽，想打主場，想打客場打客場。一場比賽踢兩次，一次踢球，一次打架！」

李浩升一副悲天憫人的嘴臉歎道：「瞧你們那點出息，等我有了錢，就想當個慈善家，我想建學校就建學校，想捐款就捐款，形象大使就找兩個，往我身後一站，一個葉玉卿，一個葉子媚。」

張勝本來還在若有所思，被他們這一通調侃逗笑了，他湊趣道：「我可沒有那麼大的理想，等我有了錢，就想天天吃餃子，一買餃子買兩份，一份光吃皮兒不吃餡，一份光吃餡兒不吃皮。」

哥幾個哄堂大笑起來，唯有秦若蘭俏臉一板，她把酒杯重重一頓，嗔道：「你們正經點行不行？」

秦若蘭一向都是活潑開朗的性子，玩起來比他們還瘋，不過女人的情緒真是多變，突然就變得嫻靜多了。她眉宇間的不耐煩可不是裝的，李爾幾個人是和她常常玩在一起的朋友，看得出她是真的非常不悅，不知哪裏惹惱了這位姑奶奶，頓時噤若寒蟬。

張勝卻沒見過秦若蘭使小性兒，還道她在故作嬌嗔，李浩升幾個人只不過是怕她怕慣了，便想開個玩笑打破僵局，於是笑道：「說正經的？好！那我就說正經的，等我成了億萬富翁，那……便為若蘭小姐建一座金屋如何？」

李浩升大嘴一咧，哈的一聲笑，拍手贊道：「果然郎有情、妾有意，金屋藏美人，千古佳話，千古佳……佳……」

秦若蘭妙目流轉，俏生生地橫了他一眼，李浩升便嚇得一個哆嗦，趕緊抓起一杯酒灌進那張惹禍生非的嘴裏。

秦若蘭幽幽一歎，手托著下巴，輕歎道：「君不見，咫尺長門閉阿嬌，人生失意無南北，金屋藏嬌……也算是一樁千古佳話嗎？」

哨子肩膀向張勝靠去，貼著他耳朵道：「張哥，蘭子一定是大姨媽來了，所以喜怒無常的，風聲甚緊啊，咱們要不要趕緊閃人？」

張勝這才注意到秦若蘭是真的情緒不好，眉宇之間淡鎖愁緒，如輕煙籠黛，與其往昔開朗的性子大不相同，不禁關心地道：「小蘭，是不是身體不太舒服？」

秦若蘭強顏一笑，擺手道：「沒有，這種老歌聽得叫人傷感，喂，從沒聽你唱過歌，能不能為我唱一首？」

燈光下，秦若蘭目光瑩然，閃爍著好亮好亮。

張勝沒有再推卻，說道：「好，那我為你唱首歌，只要我們的開心果秦二小姐仍能開開心心。哨子，幫我點一首《一剪梅》，這可是我的保留曲目。」

哨子去了片刻，卻又匆匆回來了，手裏提著一隻吉他，苦笑道：「這兒沒有這首曲子，來吧，會不會吉他，不會的話，我為您張大歌手伴奏。」

張勝走到酒吧前，要過一隻麥克風，笑看了坐在角落沙發裏的秦若蘭一眼，離得太遠，也不知她有沒有開心地笑起來。

張勝說道：「抱歉，諸位，音樂請停一下，我想為一位美麗的小姐獻歌一首，唱得不好，如果折磨了大家的耳朵，還請看在我是為了取悅美女的良苦用心，多多包涵為是。」

酒吧裏的青年男女頓時報以一陣善意的笑聲，還有人鼓起掌來。

張勝向站在旁邊的哨子點點頭，把麥克風遞給他，讓他幫自己拿著，從他手中接過吉他，手指輕輕一撥，一串悅耳悠揚的開頭曲過後，便贏來一陣熱烈的掌聲。

「真情像草原廣闊，層層風雨不能阻隔。總有雲開日出時候，萬丈陽光照耀你我。真情像梅花開過，冷冷冰雪不能掩沒，就在……最冷……枝頭綻放，看見春天走向你我……」

歌聲很好聽，大家都聽得非常投入，頭一次聽他唱歌的李爾幾個更是一臉驚喜。秦若蘭輕輕向後靠去，靠在沙發上，就像怕冷似的抱起了雙臂，眼中那閃亮的一絲光漸漸迷離成一團霧氣，氤氳了她的雙眸。

「雪花飄飄北風嘯嘯，天地……一片……蒼茫……」

已經有泡酒吧的單身女郎走上去給他獻花了，張勝禮貌地笑著接過，女郎一個大膽的擁抱，惹來大家一陣掌聲和歡笑。然後，坐在吧台高凳上的一個長髮女孩向他舉起一杯酒，手裏還擎著一杯，意似邀他共飲。

張勝抱著吉他轉向她，誇張地聳聳肩，滿臉無奈的表情，意似現在沒法喝酒，辜負了佳人好意，逗得她嫣然一笑。

他好快樂，那是自信的、很男人味的笑容和舉止。

當初，兩人在餛飩館初遇的情景仍歷歷在目，可是現在想起來，卻像是褪了色的記憶……一種莫名的酸楚突然朦朧了她的雙眼。

秦若蘭忽然一仰頭，把杯中紅酒一飲而盡，站起來向門口飛快地走去……

「哎！」李爾不明所以，伸手要攔，被李浩升一把拉住。

伴著張勝的歌聲，秦若蘭快步走到廊下，推開大門，倩影消失。

張勝剛剛自那敬酒的女孩身邊轉過身來，根本沒有注意到秦若蘭已消失於暗色之中。

「一剪寒梅，傲立雪中，只為伊人飄香，愛我所愛無怨無悔，此情……長留……心間……」

李爾莫名其妙地道：「我說……蘭子今天這是怎麼回事？」

李浩升一臉深沉地道：「颯颯秋風生，愁人怨離別。含情兩相向，欲語氣先咽。心曲千萬端，悲來卻難說。別後唯所思，天涯共明月。唉……」

「我說你小子胡謅啥呢？」

「我說我二表姐患了單相思，你信嗎？」

「啊？啊！」李爾像是一口咬了舌頭，結結巴巴地道：「不……不會吧？假小子也思春了？還玩這麼老套的把戲？」

李浩升忽然一轉身，一把掐住他的脖子，惡狠狠地道：「我告訴你，小子，這事天知地知，你知我知，要是讓我二表姐知道我說破她的心事，我活不了，也得先把你掐死！」

「呃呃……嗯嗯……」李爾忙不迭地點頭，李浩升剛一鬆手，他便急忙表態道：「沉默是金，守口如瓶。沉默是金，守口如瓶！」

張勝的一首歌博了個滿堂彩，等他回到自己的酒桌時，目光追隨過來的寂寞女孩們發現原來帥哥不止他一個，四個男人全都是一表人才，而且肌肉型的、清秀型的應有盡有，不覺眼睛一亮，開始有人慢慢向這裏靠近。

張勝坐下，喝了一杯啤酒，笑問道：「小蘭呢？我唱歌，她上洗手間，好不給面子，回來要罰她的酒。」

李爾和李浩升對視一眼，李浩升牽牽嘴角，皮笑肉不笑地道：「哦，她突然有些不舒服，所以先走了，讓我給你告個罪。」

張勝眉頭一蹙，目光盯緊他：「真的？」

李浩升面不改色地道：「當然是真的，我騙你做什麼？」

張勝目光一轉，忽地問道：「她走了多久了？」

「剛剛出門。」

張勝轉身便追了出去，哨子不明所以，想跟出去，被李浩升拉住，向他搖了搖頭。

秦若蘭快步疾行，張勝專門為她而唱的這首歌，歌聲越來越遙遠，卻又奇蹟般地一直縈繞在她的耳畔。不知何時，她已淚流滿面……

張勝快步追出了酒吧。

這個酒吧在小巷裏，所以非常安靜，向左一拐，往外走三十多米才是大街。張勝追到街上，看見秦若蘭搭了輛計程車，身影閃進車中。

張勝阻之不及，立即跑到樹下，發動自己的車子追了上去。

他不知道秦若蘭因為什麼離開，不過秦若蘭的不開心他是感覺到了。

李浩升說她身體不舒服，這句托詞根本難經推敲，她身體再不舒服，也不會連這一刻都等不了，一句告別的話都不說。退一步講，如果她真的身體不舒服，至少李浩升這個表弟不會仍然坐在那兒，讓表姐自己搭車回家。

他追出來時，李浩升等人都沒有動，張勝就猜出這事必定和他有關係，李浩升這是有意給他們創造個私人空間。

但是……想破頭，張勝也想不出自己哪裏得罪了秦若蘭。再說，這小丫頭雖說平時好使個小性兒，可是為人爽朗，從來不記隔夜仇的主兒，自己什麼時候惹她不開心了？

「嘟……嘟嘟……」張勝焦急地按著喇叭，穿行在車流之中。前方遇到了紅燈，車流堵了一長排，他跳下車，飛快地向秦若蘭的計程車追過去。

秦若蘭拿面紙正拭著眼淚，突然從後視鏡中看到張勝追過來，不禁一陣心慌，從來不知害羞的小妮子突然羞澀起來。

她也不知從什麼時候起，自己的心裏就漸漸有了張勝的身影，她知道張勝已經有了女友，這種剛剛處於萌芽狀態的感覺被她的理智硬生生地扼殺在心裏面，她仍像以前一樣，在張勝面前是一個嘻嘻哈哈、大大咧咧，永不知悲傷和愛情為何物的女孩。

她以為自己把這感情處理得很好，以為自己已經放棄了該放棄的。可是……今天忽然聽說張勝還有三個月就要結婚了，一種巨大的失落感突然向她襲來，讓她猝不及防的心生生地痛了起來：「他……他就要結婚了。」

那種傷心讓人很想落淚。她知道張勝不屬於她，可是雖說他不屬於自己，但他一直就在那兒，她可以經常看到他的人，聽到他的事，這種感覺很純粹，很無邪，他不屬於她，但是在她的潛意識裏，他屬於她。

她因為他的存在，而單純地歡喜著。可是這個消息的宣佈，把她偷偷喜歡的權利也剝奪掉了，他即將打上專屬於另一個人的標籤，眼睜睜地看著這一切，秦若蘭的心頓時變得空空蕩蕩。

這種被掏空的感覺使她突然變得失控了，她不敢再嘗試面對他時那種心酸的感覺，所以她匆匆地逃掉了，現在張勝居然追了上來，如果見了他，如何向他解釋自己的失態？

她心慌慌地催促道：「司機，麻煩你，開快點，甩開後邊那個男人。」

司機用怪異的眼神看了看她，又瞅瞅後視鏡：「小姐，現在是紅燈咧。」

「衝吧，衝吧，罰多少都算我的。」

司機苦笑道：「那怎麼成呢，小姐，那是你男朋友吧？小倆口吵架，點到為止就行啦。殺人不過頭點地，男友這麼追你道歉，就不要使小性兒啦，你看你男友，長得又帥，人又有錢……」

秦若蘭恨恨地瞪了他一眼：「閉嘴吧，大叔！」

眼見張勝越追越近，還有四個車位就追到了，秦若蘭心頭怦怦亂跳，她緊張地閉上了眼睛。期盼？害怕？緊張？歡喜？她也說不出是種什麼感覺。

「我真沒出息！」秦若蘭在心裏狠狠罵了自己一句。

「嘟……」耳邊已聽到張勝的呼喊了，計程車一下子開了出去。

秦若蘭慢慢張開眼，雙眸如噴烈火，狠狠地瞪著司機大叔。

「綠燈啦，小姐。」

司機做出了解釋，他扭頭看看秦若蘭緊攥的小拳頭，忙問道：「要不要我找個地方停下？」

秦若蘭飛快地溜了眼後視鏡，只見張勝正返身跑向他的車，心中忽然鬆了口氣，一聽司機微帶調侃的話，好像已窺破了她的心事，不禁俏臉微熱，她狠狠地回瞪了一眼，嗔道：「你敢？開車！」

司機聳聳肩，腳下惡作劇似的一踩油門，車子飛快地飆了起來。

隨風飄來一個女孩憤怒的譴責：「我說大叔，你賽車手轉業啊？開慢點成不成？謹慎駕駛千趟少，大意行車一回多。實線虛線斑馬線，條條都是安全線；愛妻愛子愛家庭……噫！越說越來勁了你，還超車……」

第三章

生意場上的一枚籌碼

小村一郎滿臉是酒，他的和服帶子方才在小璐掙扎時扯開了，露出他的身體，和服下幾乎是赤裸的，哇哇呀呀追著驚慌失措的小璐。

他撒著雙手，好像很享受這種追逐的過程，並不急著抓住小璐。

小璐一邊跑，一邊摸出手機，匆匆摁響了她最熟悉的一串號碼，不過這一來，跑的速度就慢了，

電話剛剛接通，小村一郎就獰笑著撲了上來……

此時，小璐和陳秘書跟在關廠長後面，剛剛來到彩虹路。對關廠長時不時表現出的好感，小璐總是抱著敬而遠之的態度，關廠長的色心便也漸漸淡了，後來隱約聽說她男朋友很有錢，便在音樂藝術學院包了個相貌清純的女學生，徹底斷了收她當二奶的念頭。

不過這一年多來，小璐在工作上表現越來越優異，作為一個合格的下屬，還是頗受關廠長重視的。再說她長相甜美，人見人愛，帶出去和生意夥伴洽談，有這麼一個小美人在旁邊，那種硝煙味兒便會淡一些。

外國人曾經做過試驗，兩組初次測試成績相仿的男人，分別翻閱美女和相貌普通女子相冊後，再度進行測試，翻閱過美女照片集的那一組男人，無論判斷力還是分析力、理解力都差了一個層次。這不是男人無用，而是男性生理特徵造成的一種先天缺陷，關廠長雖說是靠夫人起家的，可是並非一個草包，他是深諳此道的。

街角一個僻靜的小房子，安安靜靜地藏在四周一片霓虹之中，門口只有兩隻昏黃的桶形紙燈籠挑著，門上懸著一張白色的半截門簾，上邊繪著一枝粉色的櫻花。

挑開門簾推開吱呀的木門，裏邊的燈光稍許亮些。

「歡迎光臨！」一陣軟糯的日語聲音飄過來，噔噔噔兩隻木屐邁著小碎步，一個身著白色和服的女子走過來。

這女人年紀已經不小了，雖說做了精心的打扮和修飾，但是她的眼角魚尾紋在近處還是看得很明顯，那種純正的日本女人韻味卻很足。

她笑容可掬地彎腰施禮，跟關廠長他們打招呼：「關桑。」

「啊，美枝子，有一陣子不見了。」

關捷勝也笑嘻嘻地跟她打招呼。

「小村社長已經到了，在等您呢，請跟我來。」

「啊！小村社長先到了？」關捷勝吃了一驚，連忙換上木屐，跟在美枝子搖曳的身影後面向裏邊走去。

鄭小璐和陳秘書也忙換好木屐，跟在他的後面。

鄭小璐第一次來到這種日式酒館，房屋低矮的架構，室內昏暗的燈光，使她有些不適應，空氣裏淡淡的酒味也讓她覺得不舒服。

這間酒屋都是深色原木裝飾，窄窄的通道兩旁是一扇扇糊著白紙的木格牆壁和拉門，樣式全都一樣，走在裏面跟迷宮似的，要不是有人領著，怕是轉半天也出不去。

有的房間敞開著，只見裏面陳設簡單，牆上掛著字畫，中間幾張並不很新的桌椅，坐著幾個獨自飲酒的男人，四周一溜都是日式的榻榻米，那裏光線更是昏暗。

他們來到一間房前，美枝子叩叩門，又說了幾句日語，裏邊一個男人的聲音回答了一句，美枝子便推開房門，向他們微笑著示意進去。

「啊哈，關桑來了，快請坐！」

小村社長一身和服，從酒桌旁起來，當他看到小璐時，臉上閃過一片驚喜。小璐卻沒記起他的樣子，他那天的打扮和今天太過不同，再說，她根本沒有仔細打量過這個人。

「這是大阪小村會社的社長，小村一郎先生，小村先生，這是我們廠的陳秘書和鄭小姐。」

關捷勝對小村非常客氣，不止是因為小村比他更有實力，最重要的是，他這次聽說小村來中國，非常想和他聯手做幾單大買賣，他現在在岳父面前不得意，被發配東北兩年多了，還沒有讓他回香港的意思，如果能為企業聯繫成幾單大生意，表現出他的能力，他才有機會回去。

鄭小璐一直垂著目光，聽著關捷勝的介紹，她隱約覺得耳熟，可是陌生的環境，沒讓她多想。

對面那個小村先生非常狡猾，他見鄭小璐神色平常，眼神沒有絲毫波動，好像根本沒有認出他來，本來想說的話便咽了回去，很客氣地向鄭小璐鞠了一躬，用日語道：「鄭小姐！

初次見面，請多關照！」

酒桌旁跪坐的一個和服女子這時也站了起來，見小村一郎對一個女子如此恭敬，她詫異地瞟了眼小璐，眼中閃過一絲了悟。

「啊，您好！」鄭小璐不用翻譯也知道是打招呼，飛快地抬起頭說了句您好，就又低下頭去。

白色和服的日本女人踮著腳尖兒湊過去，低低地跟小村社長說了句什麼，然後捂著嘴笑了一下，小村一郎也仰天大笑起來。見他在笑，關捷勝便也笑起來，然後是陳秘書。鄭小璐看看他們，只覺一屋子人都是莫名其妙。

眾人寒暄已畢，圍桌坐下，服務生端著一個木盤把一只只小碟子擺放到榻榻米前的矮桌上，碟子有漆木的，白瓷的，木質的，盛著不同種類的料理。一隻白瓷的樹葉型碟子裏一塊烤成粉色的銀鱈魚，旁邊擱著兩片黃色的檸檬。

小村社長拿起一片檸檬擠了點汁水在鱈魚塊上，然後把碟子遞給鄭小璐，「不用客氣，快請吃吧。」

跪坐在榻榻米上的和服女人拿起一瓶白瓷瓶裝的清酒，翹起屁股欠身替小村倒滿了酒，要給鄭小璐倒時，歪頭瞧了瞧小村社長，小村含笑不語，她也抿嘴一笑，就給小璐的杯子倒滿。

關廠長呵呵笑道：「小璐，不要擔心，雖說這也是白酒，不過度數很低的，可以品嘗一下。」

「是！」小璐不想在客人面前丟臉，欠身害羞地笑笑，捧起杯子輕輕抿了一口。

日本清酒類似於我國的米酒，度數只有十多度，口味清爽甜美，所以小璐抿了一口，便放下心來。

日本酒文化和茶文化一樣，學自中國，但是將其發揚光大，且融入了自己的特色。富有者自斟自樂，大多喝一杯「上善如水」或「男山」；三五知己把酒言歡，便少不了冰上一壺「松竹梅」；拜訪長者，顯示孝心，送的就是「千壽」、「萬壽」。公司聚會，一般都喝「菊正宗」，家人團聚則熱上一壺「朝香」，講究極多。

清酒的名字不但大多起得雅致，深得中國古文化神韻，檔次上也有系統的分類，基本上分為清酒－上撰－特撰－吟釀－大吟釀。

今晚是關廠長請客，他有求於小村，自然竭盡巴結，叫的都是最精緻的菜、最美味的酒，今天喝的就是價格不菲的「上善若水」。

小璐對面的和服女子看起來年紀不大，不過臉上的妝太厚了點兒，白煞煞的，配著這柔和昏暗的光，顯得有點怕人。關廠長是懂日語的，他和小村社長談笑風生，不時發出陣陣大笑，聽那笑聲就不是好事，小璐聽著就猜出他們沒聊什麼好話題，不禁暗暗撇嘴。

不過喝酒也是工作，她倒不會呆呆地坐在那兒只顧吃東西，不時還得端起酒壺，為他們斟上，心裏只盼著這無聊的應酬快點結束。

酒宴的氣氛漸漸活躍起來，大家都隨意地坐了，不再像一開始那般拘謹，小璐也趁機盤膝坐下，把手伸到桌下，輕輕揉著跪坐得發麻的腳丫子。

腳丫有點麻了，她身子不敢動，手去揉時也不敢大力，臉上帶出來的就是一種很好笑但是也很可愛的表情。

「哈哈哈哈……」小村一郎看了出來，一把摟過和服女人，大笑著說著什麼，和服女人的半邊領口被拽得快搭到肩膀下邊了，裏邊白色的肌膚就好像白瓷的清酒瓶一樣細膩，在昏暗的燈光下格外刺目。

她咯咯笑著，說了句什麼，這才從小村懷裏鑽出來，把和服理了理，又用手攏了攏鬢髮，跪直身子，拿起一支筷子，敲著瓷碟，慢悠悠地唱了一支歌，音調忽高忽低，忽而淒涼忽而高亢，倒是好嗓子。

小村眼神迷離地看著那女人，抿著清酒，打著拍子也跟著輕輕哼唱著。一曲歌罷，那女人仰脖乾了一杯酒，臉上緋紅，關捷勝和陳秘書連忙鼓掌叫好，小璐兩隻手掌互相拍了幾下，虛應其事地表示了一下。

小村笑著對關捷勝說了幾句，關廠長對小璐笑道：「小村社長請你也唱一個。」

小璐連忙推辭道：「廠長，我……我不會唱小曲兒。」

關廠長不悅道：「哎，中日友好嘛，我們可不能在日本人面前輸了面子啊。」

陳秘書見關廠長不悅，忙拉拉小璐的衣袖，勸道：「小璐啊，這和在ＫＴＶ裏唱歌沒啥區別嘛，只是沒有伴奏罷了，唱一首吧，啊，隨便唱一首。」

鄭小璐十分為難，還有些委屈，本來同事一塊兒出去玩，唱唱歌沒問題，她從來不扭扭捏捏，不過給這日本人在這種場面下唱歌，她真覺得十分的不情願，於是一個勁地搖頭。

小村看她不想唱，於是對身邊的日本歌伎笑著說了幾句，那女人便把小璐跟前的四角小木杯拿開，起身出去拿回三隻大碗，讓侍應斟滿清酒，對關廠長又說了幾句。

關廠長便對小璐翻譯道：「小璐，社長有些生氣了，這樣吧，你不唱也行，不過要罰酒三碗，這是日本人的規矩，喝了吧。」

小璐瞅了瞅那三大碗酒，由於工作的關係，不便得罪這個客人，可是唱歌給他們聽，她又從心底裏不願意，倔勁兒一上來，便重重地一點頭，爽快地端起碗來，「咕咚咕咚」一飲而盡。

幸好這清酒度數不高，小璐一口氣連飲三碗。第三碗時把她嗆著了，小璐捂著嘴輕咳了幾聲，因為忍咳，眼淚都溢了出來，顯得一雙杏眼水汪汪的，小村一郎不禁看得雙目連閃。

這小日本和關廠長玩的花樣真多，一會兒傳酒令、猜字謎，一會兒擲色子，小村有意針對小璐，結果她輸得最多，這回雖不用大碗了，不過這酒一杯杯下肚，腮暈桃紅，可就有了幾分酒意。

關廠長和小村社長一直在用日語交談，一開始似乎是在談生意，關廠長還叫小璐和陳秘書把隨身攜帶的計畫書、策劃書一類的文件交給小村看，後來二人便不知談些什麼了，關廠長時而臉色陰沉、時而陪笑說話，時而面有怒色，一開始小璐還注意觀察，添酒置菜，緩和氣氛，避免雙方大動干戈，到後來醉意上湧，便無暇顧及了。

小璐的酒品甚好，醉了也不胡言亂語，只是有點雙眼迷離，她根本沒有注意小村社長和關廠長不斷地交談著，目光卻不時溜向她，二人的談判已經由金錢轉向了女人，她已經成了生意場上的一枚籌碼，而利慾薰心的關廠長已經決心出賣她，換取對方在生意上的讓步與合作了。

小村社長得到了關廠長的同意，咄咄逼人的神色立即換成了滿面春風，兩個人杯籌交錯，再度喝起酒來。

色子傳到小璐手裏，她猜色子又猜錯了，照例還要罰三杯酒，這回都是四角小木杯，不過小璐酒意雖然湧上來，心中神志卻很清醒，自知再飲下去難免有所失態，可是不飲又怕影響廠裏的生意，全廠近千號人，可全指望著這家印刷廠生活呢。

小璐看看面前三杯清酒，心中十分為難，小村看著她，眼睛裏露出詭詐的笑意，小璐看了心中有氣，忽地對關廠長道：「廠長，我喝醉了，這酒不想再喝了，要不……我就給大家唱首歌吧。」

關廠長出賣了她，心中有點愧意，目光躲閃，有些不敢與她直視，一聽她要唱歌，忙扭頭對小村翻譯了，小村其實中文也粗淺知道一些，已經聽懂了小璐的話，他也不願把小璐灌得酩酊大醉，一個人事不省的美人還有什麼玩頭？是以一聽便欣然鼓掌，連連點頭應允。

小璐坐直了身子，清了清嗓子，挺胸抬頭，唱道：「一送紅軍，下了山，秋雨綿綿，秋風寒……」

小璐清清亮亮的嗓子，把江西妹子甜甜脆脆的韻味學得十足，這一嗓子唱出來，真像三伏天喝了杯冰鎮酸梅汁，從裏到外那叫一個透亮。

一聽這首「十送紅軍」，關廠長一口酒在嘴裏打了個滾兒，全嗆到了嗓子裏了，他急忙彎下腰，咳嗽連聲，好歹沒把酒噴在桌子上。

陳秘書哭笑不得，只得強忍著表情的怪異，故作平靜地坐在那兒，狀若老僧入定。

其實小璐已經充分照顧到他們的情緒了，她還有一首拿手歌曲「松花江上」，可是沒有必要鬥那種氣，和幾個日本商人做那無謂的意氣之爭，現在唱這一首還不算那麼直接。

「樹樹梧桐，葉落盡，愁緒萬千，壓在心間，問一聲親人紅軍啊，幾時人馬，再回山……」

小村社長雖粗通中國話，一唱起來可就全都不懂了，只覺這曲兒十分悅耳，於是故作斯文地合著拍子，矮墩墩的身子還跟著搖來晃去，那個日本歌伎出於職業習慣，還凝神傾聽，輕輕哼唱著，想把這曲兒學下來。

這首「十送紅軍」也長了點，等到這首歌清唱完，兩個日本人還沒聽夠呢，生怕刺激了「國際友人」的關廠長已度秒如年，大汗如雨了。

「喲西，再唱，再唱。」小村聽得著迷，連連說道。

關廠長臉有點發白，生怕她一時興起，唱一首「大刀向鬼子頭上砍去」，萬一讓小村那半通不通的中國話聽明白了，自己的生意可就泡了湯，於是連忙攔住，對小村說了句日本話。

小村聽了，色瞇瞇地看了小璐一眼，點了點頭。

關廠長便對小璐道：「我喝得也有點高了，去前邊選幾個歌舞伎來活躍一下場面，省得他老纏著咱們喝酒。」

小璐見日本人沒聽明白她唱的歌，頗有種惡作劇的快樂，她正低著頭偷笑，一聽關廠長這話，正中下懷，於是連連點頭。

關廠長站起來，搖搖晃晃地走到門口，扶著牆趿上木屐，扭頭對陳秘書道：「小陳，扶我一下，頭有點暈。」

陳秘書連忙應了一聲，走過去扶著關廠長走了。

屋裏一時只剩下小村社長、鄭小璐和那個日本舞伎了。

「小姐，你……有些醉了，要不要……吃一些……食物？」

小村一郎向那舞伎使個眼色，那舞伎會意，便向小璐嫣然笑問。

「啊，不用了，謝謝。」小璐連忙搖著手拒絕。

那個舞伎笑了笑，欠身道：「不必客氣，我去取碟壽司來，請品嘗一下日本風味。」

她站起來走到門口，穿上木屐娉娉婷婷地走出去，還輕輕拉上了門。

小璐目光追著她出去，背地裏偷偷吐了吐舌尖：「這個日本女人的漢語說得還不錯呢，幸好她沒聽懂自己的歌，要不然，小村萬一發起火來，就給廠子惹麻煩了。」

小村假意在那兒自斟自飲，但是眼角餘光早將小璐的一舉一動看在眼裏。

小璐俏皮而帶著些孩子氣的表情動作，惹得小村一郎淫心浮動，那舞伎剛把門關上，他便舉起杯，說道：「鄭桑，乾！」

「啊，對不起，小村先生，我酒量甚淺，實在不能再喝了。」

小璐實在不知道這傢伙能不能聽懂一句完整的中國話，所以一邊說話，一邊打著手勢，臉上帶著歉意的笑。

「啊，沒關係的，你的，敬我的喝。」小村一郎也笑瞇瞇地向她做手勢。

小璐一聽要她敬酒，這倒也使得，她端起酒杯，小村卻扶著桌子站起來，繞到她的身邊坐下了，小璐微微蹙蹙眉，往旁邊閃了閃。

小村嘟了嘟肥厚的嘴唇，笑嘻嘻地道：「不不不，要這樣的敬，中國的、古代的，叫做皮杯兒。」

小璐不懂「皮杯兒」，但是看小村一郎的動作，也明白了他調情的意思，登時心中恚怒，她把杯一放，便欲挺身而起。小村一郎一見，連忙張開雙臂向她撲去，口中說道：「我的……」

小璐大駭，抓起一杯清酒向他潑去，趁他一愣神的功夫，拉開房門便逃了出去。

小璐連鞋也沒穿，只穿了一雙襪子在走廊中狂奔，可是這裏曲曲折折，所有的房間和通道都十分近似，她驚慌之下跑來跑去，卻沒有找到進來的路。

小村一郎滿臉是酒在後面隨了過來，他的和服帶子方才在小璐掙扎時扯開了，現在敞開了來，露出他的身體，和服下幾乎是赤裸的，下邊是贅肉亂顫的肚子，兩條又粗又短的大腿，只有下體穿了條紅色的兜襠布，哇哇呀呀追著驚慌失措的小璐。

他撒著雙手，好像很享受這種追逐的過程，並不急著抓住小璐，偶爾經過其他房間，房門敞著，裏邊也有日本人在飲酒，看到這種情形都開懷大笑起來，有人還擁到門口欣賞小村追逐小璐的場面。

小璐一邊跑，一邊摸出手機，匆匆撥響了她最熟悉的一串號碼，不過這一來，跑的速度就慢了，電話剛剛接通，小村一郎就獰笑著撲了上來……

計程車駛進了靜安社區，張勝的車立即尾隨了進去。

這個社區原來是省公安廳家屬樓的聚居地，原來都是磚石結構的老樓，大部分地皮是籃球場、草坪、果園等其他設施。現如今全都賣給了開發商，這些地方全都蓋了樓，老樓也扒得差不多了，社區看起來多了幾分現代都市的氣息，卻少了些閒逸的味道。

計程車進了社區大院兒向右一拐，張勝的車也跟了上去。進了社區往右走，這邊還是清一色的老樓，而且全是只有兩層高的小樓，不過每一幢都有自己獨立的前院後院，院子裏種著梨樹、海棠，還有玉米、蔬菜一類的東西，庭院門口搭著葡萄架子。

老樓的佈局本來都是一模一樣的，不過有些人家在院子裏私自又蓋了平房，有的在牆上開個門，蓋出個車庫來，就顯得不是那麼整整齊齊了。

張勝見秦若蘭向這邊拐來，心中暗吃一驚。這種樓一般都是幹休所一類的地方，住的都是離退休的老幹部，看來秦若蘭的家世背景不一般啊。

秦若蘭在一幢獨門小院兒前下了車，匆匆走進大門，張勝早已搶了過來，追到門口，苦笑道：「我說二小姐，今天這又是鬧的哪一齣啊？我哪裏得罪了你，你倒是說啊，不教而誅，豈不冤枉？」

秦若蘭站住了，此時天色甚黑，滿天星光閃爍，小院裏很安靜，只有葡萄架盡頭的門廊下掛著一盞光線柔和的紅燈籠，為她的身體鍍上了一層紅色的光暈，她背對著張勝，看不出臉上的神情變化。

停了片刻，她轉過身來，垂著眼睛盯著自己的腳尖，低低地道：「你追來做什麼？我只是……有些不舒服，明天……明天就好了。」

她轉過身，背著光，張勝還是看不清她臉上的表情，他慢慢走過去，走到秦若蘭對面一步遠的地方，仔細地打量她，不確定地問道：「真的？你一向心直口快，沒有心機的，有什麼心事可不要瞞我。」

秦若蘭忽然抬頭看著他，像以前那樣，在他胸口重重地搗了一拳，強顏作笑地嗔道：「當然了，少跟我這麼鄭重其事的，我這樣的人哪會有什麼心事？呵呵，你再這樣，我就不好意思了。」

張勝被她粉拳一捶，兩人之間的友情像一股溫泉水忽地浸潤全身，他也笑了。

兩個人無聲地笑了一會兒，忽然都無聲無息地靜了下來。秦若蘭借著夜色的掩護，貪婪地注視著他的臉，彷彿要把他的容顏永遠鐫刻在自己的心裏。

他身材修長，眸若星光，一抹似笑非笑的溫柔，混合著介於少年和男人之間的純潔和性感，整個人彷彿被迷離的霧氣包圍著，秦若蘭的心「噗通」地一跳……

「你……有話和我說？」張勝凝視著那雙熠熠放光的眸子，心中忽有靈犀。

「沒……」秦若蘭矢口否認。

她咬咬嘴唇，說：「快回去吧，瞧你弄成這個樣子，讓浩升他們還以為我怎樣了似的，背後不取笑我才怪。」

「哦，那……我回去了，你早點休息。」張勝不知怎麼的，忽然也有一種要逃開的感覺，秦若蘭的話一出口，他如釋重負，便一步步向外退去，退到門口，又深深地凝視了她一眼，這才轉過身去。

「勝子！」

「嗯？」張勝轉過身。

秦若蘭硬生生按住了欲追的腳步，移開自己的目光，不敢與他對視，克制著自己的感情說道：「我……我家的小狗狗要生崽崽了，到時我送給你一隻。」

張勝想說他沒有時間養這東西，話到嘴邊，卻鬼使神差地變成了一句「好！」

「勝子！」

眼見張勝又欲轉身，秦若蘭忽然又急叫。

「嗯？」張勝回頭，探詢的目光投向她。

「你……你……你結了婚之後……如果有時間的話……能出來陪我喝酒吧？」

張勝不禁失笑，他微微側著頭，笑笑道：「當然啦。」

「嗯！」秦若蘭像得了什麼承諾似的，也開心地笑了。

像個得寸進尺的小孩子，秦若蘭的要求又開始加碼：「如果……如果你生了病，就來我們醫院看，好不好？」

「嗯，好啊，不過你扎針的技術一定要練好，再一扎五六針，我可不答應。」

秦若蘭嗔道：「討厭，明明是四針。」

張勝笑起來：「對對對，是四針，四針。」

秦若蘭嘴角的笑忽然冷卻，頭慢慢垂下來，熱淚忍不住地落下來，一顆顆滴在她的胸口。

那抽泣，讓她的肩膀一聳一聳的，張勝看不到她的淚，卻看到了她的動作。

「小蘭，你到底……怎麼了？」

秦若蘭忽然飛快地跑過來，撲進了他的懷裏，張開雙臂把他緊緊地抱住，她用的力氣好大，幾乎用盡了全身的力氣，緊緊地抱著他，恨不得把自己全都揉進他的身體裏去。

張勝懵了，就那麼傻傻地站在那兒任由她抱著，秦若蘭抬起頭，追索著他的唇。張勝感覺到柔軟的、薄薄的櫻唇貼到了他的嘴唇上，狂亂地吻著，像小鳥兒似的啄著他的唇，使他隱隱有種痛的感覺。

秦若蘭在他臉上胡亂地吻著……忽然又用力地推開他，帶著滿臉的淚哭罵道：「你……

你個大混蛋！我為什麼喜歡你？他媽的，我為什麼會喜歡你？」

「啪！」一個耳光，秦若蘭哭著喊出一句：「我恨你！」便轉身奔去。

張勝伸出一隻手，卻又無力地落了下來，這一刻他很想抱她一下。如果他真的這樣，結果會怎麼樣？

秦若蘭快步奔到門廊下，背對著他，站了一會兒，忽然轉過身來，燈下，她微紅的臉龐分外誘人，臉上的淚光一如星光般迷人。

張勝站在葡萄架下看著她的身影發呆，這時，換作他看得清秦若蘭，秦若蘭卻只能看到他烏沉沉的身影了。

秦若蘭伸出一根手指，輕輕地摩挲著自己的唇，從左輕輕地滑到右，從右又輕輕地滑到左，凝視那夜色中男人的身影，似乎在回憶著她初吻的甜蜜味道。

良久，她忽然對著張勝微微一笑，那一笑有嬌羞、有滿足、有歡喜、有辛酸，假小子忽然變得女人味兒十足。

那時，星光皎潔，張勝的腦袋就像被什麼東西撞了一下似的，感覺滿天星光都照在自己身上。

秦若蘭忽然鼓足勇氣，飛快地轉身，搶在兩顆淚珠再度落下之前，閃進了房門。

一進屋，她全身的力氣就幾乎全用光了，立即虛弱地靠在門上。

「他會不會敲我的門？如果他肯追進來，我……我……我要不要爭取一下……」這個想法一湧上心頭，秦若蘭怕得身子簌簌發抖。人都是有私心的，她不想做那麼不道德的事，可又實在受不了這種事可行性的誘惑。

葡萄架下，呆立的張勝突然被一陣手機鈴聲驚醒了。

手機裏傳出小璐帶著哭音的話：「勝子，快來……救我……」

「喂？小璐，出了什麼事，你在哪兒？」

「彩虹路富士山居酒屋，那個鬼子……啊！」手機裏一聲驚叫，然後「啪啦」一聲脆響，緊接著就是忙音。

張勝大駭，立即轉身衝出院子，跳上車疾馳而去。

秦若蘭正在發抖，忽地聽到引擎聲響，她大失所望，緩緩蹲在地上，放聲大哭起來。

一樓只有她和姐姐住，此時秦若男正躺在臥室裏聽著音樂，忽地聽到門口傳來一陣哭聲，她一躍而起，衝出房間一看，急忙搶過去抱住她，喊道：「小蘭，怎麼了？」

「姐……」秦若蘭抬起頭，淚眼汪汪地道：「那個混蛋欺負我。」

「誰啊？誰欺負你了？」秦若男的手下意識地摸向腰間。

秦若蘭搖搖頭，忽地站起來，飛奔向自己的房間，無限委屈地道：「人家頭一回喜歡一個人，他居然頭都不回地走掉……」

秦若男看著妹妹的背影，愕然自語道：「小蘭戀愛了？她喜歡的是什麼人吶，這人居然連我妹妹都看不上，有病吧他！」

關廠長坐在酒室門口的長沙發上，眼前的煙灰缸裏一堆煙頭，他心頭有些對小璐的內疚，同時第一次做出賣良家婦女的事情，心中也有些緊張。

但與小村合作將可能帶來的巨大利益，讓他在心裏利益權衡後，還是選擇了屈服。他倒並不太擔心事後會有什麼不良後果，憑他對內地女子的瞭解，一般正經人家的女孩子，一旦吃了這種啞巴虧，都是打落牙齒和血吞，少有張揚出來討個說法的。

而小璐的性子溫順，也不是個能鬧事的人，至於事後小璐心有懷恨，也大不了辭職離開，他也不過是少了個養眼的花瓶而已，對自己造不成什麼損失。

「我得不到的東西，為什麼不能用來創造更大的價值？」關廠長心裏恨恨地想著，壓下了心裏浮起的隱隱不安。

這時鄭小璐突然從一個甬道跑了出來，她匆匆打電話給張勝，才與張勝通上話，手機就被小村一郎打掉在裝飾性的魚池邊上摔壞了，小璐又驚又怕，用盡全身力氣給了小村一記耳光，慌不擇路地向前跑，沒想到又轉了一陣兒，竟然誤打誤撞地衝到了門口。

「小璐？」關廠長和陳秘書一下子站了起來，驚惶地看著她。

小璐一看這情形，什麼都明白了，她恨恨地瞪了兩人一眼，飛快地向大門撲去。

「攔住她，八嘎，攔住她！」小村一郎臉上帶著一個清晰的紅掌印，從後邊追了上來。

「救命！救命！」小璐衝出大門，便大聲呼救。

這一條路上全是各種酒吧、酒店、浴房、ＫＴＶ一類的娛樂場所，時間一到很是興旺，一個光著腳只穿著襪子的年輕女孩當街呼救，立刻吸引了眾多的看客。

「混蛋！在做什麼！」小村追著鄭小璐從酒店裏出來，暈乎乎地就看到一群人圍著小璐，他立即惡狠狠地用日語凶了一句，嗓門扯得極大，旁邊幾個路人都愣住了，愕然望著他。

小村見這幾個中國人都呆住了，還以為他們被自己嚇住了，愈發得意起來。他繼續罵罵咧咧地吼著「八嘎八嘎」，一邊蠻橫地推著人，想衝進去把小璐帶回酒店。

「他……這個日本鬼子想欺負我。」小璐拉住一個二十多歲的男人大聲道，「你幫幫我。」

「滾開！」小村一郎正好衝到跟前，一掌把那個男人推了個趔趄。

「我操，你個小鬼子！」

那哥們兒今晚同學聚會，也沒少喝，被小村一郎當胸推個趔趄，當時就惱了，他一把揪住小村的和服領子，劈頭蓋臉就是兩個大嘴巴子：「你狗日的膽兒肥呀，老子打不死你個土鱉！」

一見他動手，他的那些同學不管三七二十一便衝了上來，這裏是東北，群眾基礎使然，對小日本尤其痛恨，所以根本不需招呼，一見有人先動了手，立即擁上來更多的人，包括一些本來到這條街上來娛樂的人，對揍小鬼子也是興趣盎然。

雨點一般的拳頭揮向小村，他抱著頭，拳頭便落在他的背上，還有幾飛腳結結實實地踢在他的腰上。小村哎喲哎喲地叫著，用日語殺豬似的喊著：「救命！救命！」

離得最近，揍得最凶那哥們兒一聽不答應了：「這孫子說啥鬼話呢？」

關廠長和陳秘書慌慌張張地追出來，一見這情形連忙衝過去阻攔，這時有幾個歲數大點沒有衝上去動手的人正圍著小璐安慰著她，問著事情經過。

小璐瞧見了關廠長和陳秘書，抽抽噎噎把事情一說，幾個比較沉穩的人也惱了，一轉身便衝向裝好人的關廠長：「你個漢奸二鬼子，幫著小鬼子欺負中國女人？」

「什麼？」大家一聽全炸了。漢奸在人們心中向來是比鬼子更可恨的畜生，圍著小村拳打腳踏的人呼啦一下，撇下已經被揍成豬頭的小村一郎，把關廠長和陳秘書圍在了中間。

「別……別……有事……有事好商量……」關廠長戰戰兢兢地陪著笑臉道。

「商量你媽！」

隨著罵聲，一隻斗大的拳頭忽然出現在他的眼前，「嗡」地一聲，關廠長只覺眼前繁星亂轉，隨即無數拳頭便向他的身上招呼過去。

這時，張勝的車子像一匹瘋馬似的衝進了酒吧街，向這裏狂奔過來。

「勝子！」小璐看見他，一下子撲了過去，緊緊抱住他，剛剛止住的眼淚又禁不住滾滾而下。張勝匆匆聽了經過，頓時勃然大怒，小璐一把沒拉住，張勝把西裝一解，領帶一拉，一個箭步就躥進了毆打的人群。

「勝子！」小璐驚慌地叫。

人群中傳出張勝如同炸雷般的聲音：「你狗日的，老子西裝一脫，也能當流氓！」

隨之而起的是幾聲慘叫，小璐生怕張勝激憤之下把人打壞了難以收拾，急得在外邊團團轉。可是場面太混亂了，她擠不進去。

過了片刻，一輛警車鳴笛趕來。酒屋的老闆娘美枝子見小村一郎被路人暴打，知道他犯了眾怒，自己不敢上前救人，便悄悄報了警。但員警來得沒有這麼快，這輛警車是一路追蹤連闖幾個紅燈的張勝來的，想不到誤打誤撞，倒成全了這三個敗類。

小村一郎抱著滿臉是血的腦袋躺在地上，聽到警笛聲這才精神一振，把手放了下來。只見他那肥厚的嘴唇中間裂了好大一個口子，鮮血直冒，鼻子也歪到了一邊去。他的中國話本來說得就磕磕，這時含含糊糊更不知道在叫些什麼。

一見警車到了，眾人轟的一聲四下散了，方才還在兇神惡煞狠揍「漢奸」和「鬼子」的好漢們頓時融進了圍觀的群眾之中，想找出一個兇手來，那就難如登天了。張勝擁著小璐，傲立當場，呼呼地喘著氣，冷冷地看著他們……

第四章

以攻為守

喬副局長坐在沙發裏，把手指捏得直響，笑著說：「這傢伙，不簡單，先是買動各家報社大造輿論，然後又來了個以攻為守，現在誰想捏他一把，都得小心扎一手血呀。」

局長也笑起來：「不管怎麼說，那個日商和港商才是罪魁禍首，現在的形勢對張勝是有利的，強大的輿論聲勢造出來了，人家的女友『自殺未遂』，又是激於義憤的群眾動的手，法不責眾嘛，現在到哪兒去給他找個兇手出來？」

一輛車駛到省第一人民醫院門口，車子停下來，大腹便便的賈古文下了車，夾著公事包走進了大門。

「噹噹噹！」他敲了敲玻璃，向裏邊趴在桌上的工作人員問道：「同志，急診室在哪邊？」

裏邊穿白大褂的人抬起頭來，向右後方一指，說道：「走到頭，右拐就是。」

「謝謝！」賈古文點點頭，舉步向裏走去。

剛剛走到拐彎處，急診室旁一間醫生工作室裏傳出一個聲音：「哥，哥，我在這兒，我在這兒呢。」

賈古文扭頭一瞧，只見醫生房間裏亮著燈，地上立著一根點滴杆，旁邊倚桌坐了個男人，腦袋包得像木乃伊似的，只露出眼睛、鼻孔和嘴巴，可那嘴上偏還叼了支香煙，二郎腿一顫一顫的。

賈古文蹙蹙眉，走進屋裏上下打量一番，說道：「斯文？你怎麼不在點滴室裏？我瞧你這樣，不像傷勢嚴重啊。」

他的兄弟叫賈斯文，由於文化水準實在太低，所以在賈區長多方活動之下，也只能被安排到太平鎮民政辦做了一個普通辦事人員，好在工作輕閒，而且只要有心，在這地方總能撈點好處，這小子也就扔下鋤頭，安心工作了。

聽了大哥的問話，賈斯文嘿嘿一笑，滿不在乎地道：「我沒啥事，就是想訛他小子，所以來我朋友醫院，讓他診斷書開得嚴重點。急著把你找來是為了鎮鎮他，你現在是有身分的幹部，要不他不老實。」

賈古文哼了一聲，把皮包扔在桌上，四下一看，問道：「打你的人呢？」

賈斯文道：「錢沒帶夠，回去取錢了，沒事，他身分證在這兒押著呢。」

賈古文喘了口粗氣，拉過凳子在他對面坐了下來，問道：「你不在太平鎮待著，跑市裏來幹啥？你說你都多大的人了，怎麼還跟人打起來了呢？」

「我操，你別提了。」賈斯文把煙頭往地上一扔，使勁碾了碾：「我聽一哥們兒吹牛，說是味道不錯，聽得我心癢癢的，就把電話要來了。」

「沒出息，又去找樓鳳了？」

賈斯文嘿嘿笑道：「男人累，所以經常去敲背；男人愁，所以經常去洗頭；男人苦，所以經常才去賭；男人忙，所以經常上錯床；哥，大哥別說二哥，你還不是跟我一個德性？互相理解嘛。」

「哼！多少錢？」

「三百。」

「貴了點。」

「可不是，可她不給還價啊，我琢磨這麼有性格的一定長得不賴，三百就三百吧，我就過去了。可我搭車到了地方，敲了半天門卻沒人開，我打了個電話給她，說是正在外面買東西，讓我在外邊吸根煙等一會兒，我也沒走遠，就蹲那門洞裏抽煙。」

「嘿，一根煙還沒抽完，她家門開了，走出來一個男的，敢情這婊子騙我。我當時就惱了，衝上去一把拉住了她正要關上的房門，我說了她幾句，後來想想算了，人家是做生意的，這麼做也無可厚非，總不成告訴我正在裏邊忙活著吧？於是就跟她進屋了。」

「那女的長得是不錯，身材也苗條，我進了屋正脫衣服呢，她又接了個電話，聽那內容是她兒子打來的，她還親切地囑咐兒子聽爸爸的話，要好好學習……」

「哥，你說，我這聽著添不添堵？你換個時間打這種親情電話不成啊？我聽著當時就萎了，讓她多做點服務幫我提升一下情緒，她還拿架子不肯，這下我可火了，我不做了成不？我要抬腿走人，她不讓，兩個人正吵著，裏屋躥出一小子，我沒提防啊，讓他給揍了。」

說到這兒，賈斯文得意洋洋地掏出煙盒，甩給大哥一支，自己點上一支，冷笑道：「他以為我出來嫖娼就得吃啞巴虧呀？靠，他不一樣不敢讓員警盯上？媽的，不給我出點血，這事沒完。」

賈古文聽得莫名其妙，問道：「裏屋怎麼還躥出一男的？她老公？」

「不是，她姘頭，吃軟飯的。」

賈古文皺著眉頭，正想端起兄長的架子再教訓一下兄弟，忽地身後一陣喧嘩。賈古文和兄弟賈斯文對面而坐，正好背對著門口，他扭頭一看，只見一大群人正從門前匆匆而過，奔向急診處置室，這些人有醫生、有員警，還有些人穿的衣服很怪異，像是日本和服。

他們簇擁著三輛平車，「嘩嘩」地推了過去。人群中，一個年輕的女子扶著一個穿白襯衫的男子緩緩地走在人群後邊。賈古文一眼瞧見那男人，身子便是一震，一下子站了起來。

那男子沒有注意，被那女孩扶著走過去了，後邊是幾個穿制服的員警。

賈古文立刻快步走到門口，仔細又盯了兩眼，確信他沒有看錯，那人果然是他恨之入骨的張勝。一會兒工夫，賈斯文的醫生朋友走了進來，賈斯文把大哥賈古文介紹給他認識，賈古文趁機問起處置室的事情。

那位醫生笑道：「也是打架的，打得真狠吶，被打的有兩個，是港商和他的秘書，還有一個是日商，昏過去一個，另外兩個還醒著，那個港商肋骨斷了三根，日本人被打成了豬頭三，嘴打豁了成了兔唇，鼻樑骨斷了，還有輕微腦震盪，打人的也是經商的，在開發區有間公司，呵呵，都快鬧成國際事件了。」

賈古文聽到這裏，心中一動，笑問道：「剛剛我看見他們在門口路過，有人說話來著，打人的那個是個白襯衣的年輕人吧？好像叫張勝？」

「是啊，就是他，這小子下手夠狠，自己的小指都打骨折了，帶來做一下處理，一會兒還得帶回局子審查。」

賈古文一直盼著能有機會整治張勝，報那一箭之仇，現在聽這情形，他打傷的人來頭不小，不知有沒有利用價值，頓時便上了心。他找個上廁所的藉口，偷偷溜了出去，圍著急診室打轉，只是當事人都在屋裏面，門口又有員警，他什麼也探聽不到。

賈古文正在著急，忽地看到一個穿西裝的人從裏邊走了出來，旁邊跟著一個醫生，那人邊走邊道：「高級病房滿了？李主任呀，這你得想想辦法嘛，這幾位都是有身分的人，來這裏就診，是因為你們醫院骨科技術高明的名聲，總不成讓他們住普通病房，和普通人擠在一起吧？」

「這個……如果實在騰不出房間，您看這樣成不成？我把各床病人儘量集中一下，騰出兩間病房，分別只住一位病人，其實條件差不多，就是圖個安靜嘛。」

「實在不行的時候再說，傷勢這麼重，再轉院也不合適，你先帶我上去看看。」

「好，好好，這邊請。」那個醫生殷勤地說著。

賈古文立即一轉身跟上樓去，伸長了耳朵希望能從他們嘴裏多打聽到一點消息。

賈古文尾隨著他們上了二樓，那個穿西裝的男人跟著那醫生走了幾間病房，出來站在走廊上說道：「嗯，環境還行，那就這樣吧，你把病人集中一下，騰出兩間陽光充足、乾淨敞亮的病房，病床只留一張，先把小村先生和關先生安頓下來，等高級病房有了空再換一下。」

「好，我馬上讓科室調整病床。」那醫生笑容可掬地說。

估計這位李主任便是這個科室管事的，不消一會兒工夫，走廊裏便響起了雜亂的腳步聲，鐵架床被搬動時的吱嘎聲，病人及家屬不滿的抱怨聲。其中有一個聲音特別響亮：「哎喲喂，你奶奶的，不會輕點呀？我這兩條腿才接了骨不久，你想痛死我呀……啊……啊……」

這時只聽得一個年輕女孩子的聲音斥責道：「你再嚎！再嚎我把你從這樓梯口扔下去，沒見過你這樣的男人，打個針也叫，接個骨吵得樓裏的病人都不得安生，比殺豬還大聲。」

「姑奶奶你能不能輕點，哎喲我的腿呀……」這聲音明顯就弱了下去。

只見一個病床從樓梯口被推了過去，上面仰面躺著個人，乍一看像個身懷六甲的孕婦，兩條腿被繃帶纏得死死的，像兩條大麻花。

賈古文側身給他們讓路，同時好笑地看了病床上的男人一眼，這一看忽地吃了一驚，失聲叫道：「老楚！是你？」

那人正咬著牙，隨著鐵床的推動作痛苦呻吟狀，一聽這聲音忽地怔住了，抬起一雙小眼看向賈古文，待認出了他，不禁滿臉羞慚，頭忽然扭向一邊，呻吟聲也戛然而止。

「老楚，你這是怎麼了？」

楚文樓連連催促推著床的小護士快走，小護士一翻白眼道：「這下你倒不嚷嚷痛了？」

賈古文趕快追上去，一把扶住了鐵床，同時對小護士殷勤地笑道：「護士小姐，我是老楚的朋友，他這是要去哪間病房，我推著他去好了。」

小護士想來對楚文樓是不勝其煩了，聽了這話，上下打量了賈古文一眼，小手遙指向前面一間病房道：「喏，就是那間，二〇四室，你推他過去吧。」她說完便娉婷地去了。

「我說老楚，你……你怎麼這副德性？我聽說你被張老爺子召回寶元去了，還怪你沒跟我打聲招呼呢，你現在這是？」賈古文邊推著病床往前走，邊做出一副關切的樣子。

楚文樓滿臉羞慚，他逃又逃不掉，局促地左顧右盼一番，終於慘然一笑道：「我被召回寶元？嘿！召回個鬼啊，張勝那個小雜種，我被他害得好慘、好慘啊！」

賈古文眼中精芒一閃，立刻變得更熱情了，他連忙道：「老楚，咱們是老朋友了，有什麼難處你也不知會我一聲，太見外了，我要是知道你在這，怎麼也得來看看你啊。哦，二〇四室到了，我推你進去。」

進門只見病房裏已有三張床，小護士正張羅著騰出一塊空地，應該就是為楚文樓的病床準備的了。賈古文按小護士的要求安頓好楚文樓，又轉身去醫院的小賣部裏隨意買了點營養品之類的東西，裝了兩大口袋拎回病房。

想必是自住院以來就從來沒人來探望過吧，賈古文這一點平常的示好動作讓楚文樓差一點熱淚盈眶，真是患難見真情啊，親兄弟也不如賈古文這麼貼心呀。

賈古文給楚文樓倒了杯水，順便在床前坐了下來，奇怪地道：「老楚，你的腿這是怎麼了？傷得這麼嚴重，怎麼家裏也沒人來照看你？」

楚文樓又是感激，又是慚愧，哆嗦著嘴唇道：「賈主任，我……我……唉！」

一想起這段時間的經歷，楚文樓唏噓不已。

他被張二蛋打折雙腿丟回家裏，老婆一見他這鬼樣子，又聽張二蛋的人說他是勾搭女工無望，報復自己老闆，氣得一佛出世、二佛升天，死活不肯拿錢來給他救治，結果因為拖延了時間，傷得又重，後來終於在他老父老母干涉下送到醫院時，醫院說最好的情況下也得有一條腿瘸掉，成為殘廢是必然的事了。

夫妻本是同林鳥，大難臨頭各自飛。楚夫人聽了張二蛋的人說明情況後，本來就對丈夫極為不滿，再加上殘廢的事實，乾脆把家裏的錢裏挾一空回了娘家，好歹她還顧念幾分舊情，給他留了幾千塊錢的醫藥費。

賈古文聽得驚訝不已，他還真不知道寶元匯金公司發生的那件事的內幕，當時張勝當機立斷、處理及時，全廠職工為了自己的切身利益，自然不會出去胡亂宣傳，即便有人回去跟家人提起，也再三叮囑不要出去亂說，免得影響了公司的生意，所以知道內情的外人寥寥無幾。

這時見了楚文樓，賈古文才從他嘴裏知道一點。

較之楚文樓，賈古文更是老奸巨猾，他也不急著催問事情經過，只由得楚文樓東一句西一句，一會兒咬牙切齒地罵人，一會兒滿臉是淚地訴苦，賈古文成了最好的聽眾，時而遞張紙巾，不住地表示著同情和理解。

楚文樓怨毒地道：「只可共患難，不可共富貴，賈主任，張勝這個人，毒，太毒啦。那個……那個姓鍾的臭婊子，和他眉來眼去勾勾搭搭，公司上下誰不知道？我覺得這樣影響太不好，為了照顧他的面子，我只是私下和他提過幾次。想不到他就此懷恨在心，總想把我擠走，後來竟玩起了栽贓陷害的把戲！賈主任，你也知道，張二蛋那個老王八，剛愎自用，向來就只知道顧他自己的面子，他聽了張勝的讒言，把我的雙腿……」

楚文樓撫摸著大腿，淚如雨下：「狡兔死，走狗烹；飛鳥盡，良弓藏啊！張勝現在春風得意，日進斗金，用不上我啦。想當初，他的公司註冊成立，弄了個所謂的外國公司辦合資，要不是我夜以繼日幫他跑手續，這公司的大印都拿不下來，還談什麼做生意賺錢？」

賈古文心中一動，他提起壺來給楚文樓續上水，勸道：「老楚，來來，喝水，喝水。」他把杯子推過去，不動聲色地道：「張勝這人啊，說起來是可恨。不過，有些話不能亂講的，那家外國公司手續齊全，資金也全部到位，這個……銀行是有驗資證明的嘛。」

「嘿嘿！」楚文樓冷冷一笑：「賈主任，您是老實人，當然看不出這其中的彎彎繞兒。那家外國公司？哈！您說說，開業當天，那家所謂的外國公司有沒有代表出席呀？一個人都沒有，你說這事兒奇不奇怪？注資驗資……呵呵，賈主任，實話對您說吧，那是找了家融資公司，給了人家百分之一的手續費，弄的假注資，驗資剛一通過，人家就把錢劃走了。」

賈古文眼中閃過一絲興奮的光芒，呵呵笑道：「沒想到，真是沒想到啊。這事兒就是你跑的手續？呵呵，來，你說說，具體……到底是怎麼辦的？」

賈古文瞇縫著眼睛，只露出一條縫的雙眼中目光閃爍，興奮的光芒一閃即滅。

楚文樓冷冷一笑，傲然道：「當然是我來辦，他一個沒啥社會經驗的小青年，連你們管委會都不敢去打交道，他能辦什麼大事？當時，我找到一家叫永信的融資公司……」

張勝右手小指因為用力過度骨折了，此時已經校正了位置，打好了石膏。小璐抱著他的手臂，剛剛餘悸未消地把事情經過詳細地說了一遍，忽然手機響了起來。他順手摸向口袋，這才意識到鈴聲來自上衣內衣口袋，那是另一部同一型號的手機，是手機妹妹的。

「喂？」張勝輕輕問道。

「唉，你有空嗎？怎麼這麼吵啊。」

張勝笑笑，問道：「怎麼了，又有不開心的事了？」

「不是我的事，就是心裏堵得慌。我妹妹……哦！我沒和你說過吧，我有個妹妹，長得既可愛又漂亮，就是性格像個假小子，她給我的印象一直就是沒心沒肺的，誰知現在突然開了竅，玩起暗戀來了，人家不喜歡她，現在正在房間裏哭，我想問問情況，表示一下關心，她還把門鎖了……」

張勝歎了口氣，說道：「別太擔心，誰規定第一次戀愛就一定得成功？這都是感情的經歷，對她的人生沒有壞處的。讓她哭吧，宣洩一下就好了，尤其是性格外向的女孩，更容易儘快修復自己的感情。我現在不方便說太多，對了，你不是律師嗎，我向你請教點事情……」

張勝四下掃了一眼，壓低了嗓門兒，說道：「我有個朋友，和外國人起了糾紛，把人打傷了，處理起來會怎麼樣？」

「啊？」手機妹妹驚道：「因為什麼打架，對方傷勢嚴重嗎？他們是什麼身分？涉外糾紛可是相當麻煩的。」

張勝把事情經過簡單地重複了一遍，冷哼一聲道：「小鬼子強姦民女，難道不該打？打人是民事責任，他意圖強姦可是刑事犯罪。」

手機妹妹「嘁」了一聲道：「你懂得還不少呀，刑事民事，哼！你太想當然了，人家不是還沒造成既成事實嗎？還不由得他們那張嘴去說？一個香港商人，一個日本商人，很棘手的。這是涉外案件，光局子裏就有很多事做。」

張勝怒極而笑：「我說怎麼……聽你這意思，好像反倒是自己要惹一身麻煩？」

「你說對了，按慣例，官方的態度基本上是站在維護國外友人角度的，尤其是兩個來投資的外國人。」

張勝大怒：「這叫什麼道理？友人？友他媽個鬼啊，真是荒唐，你不是律師嗎？我請你幫著打官司成不成？」

手機妹妹忙道：「我？我可不行，我手頭上有幾樁案子實在忙不開，你要是真需要，我可以幫你介紹個資深大律師。不過話說回來，真要是找律師堂堂正正地打官司，反而是樁麻煩事。你不如趕快想辦法盡力爭取有利形勢吧，我想到一些措施，比如……」

張勝靜靜地聽著，聽了半晌，嘴角露出一絲無奈的苦笑，那是面對現實的無奈和悲涼。他輕輕歎了口氣，說：「好，我試著去做，如果不成，再向你請教。」

掛了電話，張勝立即又撥通了一個號碼：「喂，鍾情？你聽著，我現在有件急事要你去做，馬上……」

「喂！誰叫你打電話的，打給誰？」一個員警吼道。

張勝抬起頭瞥了他一眼，慢條斯理地道：「打給我的律師，不違反規定吧？同志，你別忘了，沒有道理限制通信自由吧？」

那個員警語氣一塞，氣哼哼地退開了。

張勝很機警，員警到的時候，地上躺著的三個人暈了兩個，另一個正在滿天星辰中校正地球的方位，對員警的問話充耳不聞，他趁機揭發了三個敗類的罪行，所以至少在目前這個階段，他還處在有利地位。

電話裏，鍾情已經聽清了他和員警的對話，知道他一定遇上了大麻煩，她沉住了氣，根本沒有追問事情經過，而是立即問道：「你講，要我做什麼？」

張勝把下巴收了收，手機夾在衣領裏，用輕微的聲音說：「你馬上回市裏，去找……」

守備營，寶元集團總部，張二蛋那間巨大的豪華辦公室內，徐海生正與他促膝長談。

「張總，基本情形就是這樣了，這單生意一旦成功，把廠子買下來，包裝一下再賣出去，轉眼之間就是三千八百多萬的純收入，這樣的機會不容錯過呀。怎麼樣，有興趣嗎？有錢大家賺，我現在還有一千萬的資金缺口，如果張總能幫助解決，那麼收益可以分給你三分之一。」

張二蛋拍著腦門兒沉吟道：「哎呀，一千萬……一千萬……小徐啊，家大難當呀，我今年投資上馬的幾個項目都等著錢用，準備投入的煤礦資金還短缺兩千萬呢，實在是擠不出資金再搞這些東西。」

徐海生淡淡一笑，說道：「張總，別人要搞錢不容易，在您老來說還不是再簡單不過的事？可以集資嘛。」

張二蛋盤膝坐在沙發上，吸著香煙，一下一下地拍著大腿，沉思道：「集資？民間集資，沒有高息難以吸引人，如果高息攬存，將來就是一筆大負擔啊。」

徐海生自然知道張二蛋的擔心，但他更明白張二蛋對他的經濟王國的重視，這個從一窮二白到一手創立了一個經濟帝國的農民企業家，因為過往的成功使他的野心無限膨脹起來。

他好大喜功，已經不像當年推著小車推銷被罩床單時那麼務實了，他只知道企業做得越大越有成就感；他再不像當年那樣開個油坊都要認真計算周圍區縣的原材料供應量、產品銷售市場佔有量和成本等重要因素了；他建設新項目只考慮這是不是省市領導來參觀時提出的一些建議，是不是專家推薦的項目，而根本不去做詳實的市場調查；他只知道官與商利益統一，就一定賺大錢，在他的心裏，根本就沒有經營失敗的想法。

轉手之間就可以賺到一千萬，這樣的機會張二蛋是不會錯過的，只要給他打一針興奮劑，這頭老牛就會按照自己指定的方向狂奔下去。

所以，徐海生繼續鼓動三寸不爛之舌勸道：「今時不比當年，寶元集團的金字招牌就是信譽的保證，不需要過高的利率，只要比銀行存款高上幾個百分點，就會有大批的人肯把錢送來了，因為集資的是張老爺子，這就是大家的定心丸。」

張二蛋很是受用地點點頭。

徐海生又說：「從去年開始，銀行存款利率再三下調，許多人不願意再把錢存在銀行裏，這是個好機會，如果我們比銀行存款多給三個百分點，約定一年還本，再加上寶元企業的名聲，就會有無數的人搶著來集資了。

「如果到時候再聯繫在市工商聯設個辦公室，專門負責集資事宜，集資戶可以隨到隨存，也可以提前支取，不過提前支取只能按活期銀行利率結算，這麼優厚的條件，又是在政府部門內辦公，還有誰信不過的？」

「而要在市工商聯設間辦公室並不難，只需要與工商聯會長搞好關係，再對工商聯內部工作人員集資多給兩個點的利息，要租用他們一間辦公室，還不是輕而易舉的事？」

「這筆集資款對外要限定額度，初步定為五千萬元，理由就是用於企業擴大再生產，補充企業內部流動資金，就以寶元這塊金字招牌，不要說五千萬，就是集資一個億，也不在話下。只不過張老爺子您不需要這麼多而已。」

「再說這次兼併運作，從收購到包裝再到出售，整個過程大約時間為三個月，再慢也不會超過半年，你算算，你投入一千萬，半年之內產生百分之一百的利潤，而只需拿出其中一部分利潤來作為還款利息，還可以解決你暫時資金緊張問題，何樂而不為呢？」

張二蛋聽了大為意動，他一拍大腿道：「好！我再找人商量商量，如果資金缺口還是沒辦法補上，就用這個辦法！」

徐海生見這老頭兒終於點了頭，微微一笑道：「以後這樣的機會還不少，利用好這類機會，就可以賺更多的錢，寶元企業的蛋糕就會越做越大！」

張二蛋呵呵地笑了起來。

徐海生見狀，也開心地笑起來。

他正在利用國有企業轉型之機，大肆侵吞著國家財產。目前，改革政策尚存在著許多漏洞，管理也不嚴密，他同一些貪圖個人利益的企業領導相互勾結，進行企業兼併，以此牟取暴利。

比如，一家工廠的資產尚有三千萬元，他同廠領導相互勾結之後，把價格估到一千五百萬元來收購，企業到手後簡單包裝一下，然後按實際資產價值三千萬來出售，一個轉手，一千五百萬元的資產就憑白成了他們這群蛀蟲的囊中之物。

對一些經營尚可的小企業，他們膽子更大，把企業賬目做成資不抵債，這樣他們甚至不需出資購買，只以接收全部債務為條件將廠子弄到手，注入幾十萬啟動資金讓它重新活過來，然後出售給別人，巨額資產就輕輕鬆鬆地落入他們手中。

他們是不幹實業的，他們通常是把廠子重新估值包裝後，出售給真正想擴大生產、發展實業的企業，一時脫不了手的就拿去做抵押，抵押貸款用來再收購第二家企業，在這個過程中，只要資金鏈不斷，整個運作就可以重複進行下去。

做這種生意利潤極大，但風險也不是沒有，他們不但要有實力、有人脈，還得時刻關注政策的動向，這群遊走在懸崖邊上的人除了政策上的風險，必須保證的就是資金鏈不能斷掉，因為他們的錢主要來自高息融資等管道，一旦資金鏈斷裂，高昂的代價是他們也付不起的。

如今終於說動張二蛋投資，他知道自己最大的難題已經解決了。憑著張二蛋的威望和企業實力，集上幾千萬元的資金輕而易舉，這次合作讓張二蛋嘗到了甜頭，那就可能有下一次，下下一次，有了他這座取之不盡的金山在，自己就可以把以前的高息融資慢慢退出，把兼併重組的風險降到最低。

這邊的事一解決，自己的日本朋友就可以出面了，張二蛋解決資金上的問題，由外商來解決政治上的阻力，一座金礦又在向他遙遙招手了。

徐海生欣然笑了起來。

這時，他放在茶几上的手機響了，徐海生笑吟吟地拿起手機，翻開蓋子貼到耳朵上：

「喂，哪位？」

電話裏有人急促地說著話，徐海生的臉色漸漸變了：「好，我馬上去，一會兒我打給你。」

「什麼事啊？」張二蛋撚著雪茄問道。

「哦，我的一個朋友，和人打架受了傷，我得馬上去醫院看看。張總，明天我再和您仔細商量集資的具體細節，這事宜早不宜遲，定下來咱們就得早點下手。您休息吧，我去醫院一趟。」

「嗯……」張二蛋點著頭站起來：「你去吧，我就不送了。」

「呵呵，自然，留步！」

「砰！」房門一關，張二蛋便向側門走去，扯開嗓子喊著：「小鷗啊，作業寫完沒有啊？」

門開處，是一張花一般嬌嫩的臉，臉上還明顯帶著幾分稚氣，但是已經有了種小女人的嫵媚，她小嘴一翹，呢聲道：「早寫完了，誰讓你東扯西扯的，人家等得都快睡著了。」

張二蛋搓搓滿是老繭的大手，嘿嘿笑道：「不忙睡，不忙睡，老師的作業寫完了，現在該完成我佈置的作業了，哈哈哈……」

房門也沒關，他就摟著小妖精倒在了床上，屋裏傳出兩人一陣嘻笑聲。

徐海生一邊急急向外走，一邊掏出手機，迅速撥通方才那個號碼，急促地道：「美枝子，你聽著，盡力安撫小村先生和其他日本朋友，絕對不要把這件事捅到日本大使館去。」

「什麼？我不管你用什麼手段！總之，在我趕到之前，你要竭盡所能，萬萬不要把事情鬧大，那樣，對雙方都沒有好處。我到了會和你細說，懂嗎？放心吧，小村是我的朋友，我會妥善處事，拿出一個雙方都能接受的辦法。好，好好，就這樣……」

區公安分局的喬副局長趕到了醫院，焦急地等候著醫院的救治結果。

從現在的情形看，似乎那兩個外商才是罪魁禍首，可正因為他們是外商，這事就變得棘手了，如果不能妥善處理，恐怕就得儘快向市局彙報，再由市局向市委彙報了，不然事情一旦鬧大了，他可兜不住。

他向在場的員警瞭解了情況後，便向唯一保持清醒的一方，張勝和小璐走來。張勝正跟小璐咬著耳朵，小璐頻頻點頭，兩人正說著，喬副局長站到了他們的面前。

他對小璐說道：「你好，我是公安分局的副局長，可以把你經歷的事情和我再說一遍嗎？」

「對不起！」張勝站了起來，攔在小璐前面：「她是我的女朋友，今晚受了太多的驚嚇，現在情緒很不穩定，她不能再受刺激了。事情的經過，我已經全部瞭解了，可以由我向您陳述嗎？」

喬副局長看看張勝，又看看小璐。

小璐心地善良性情單純，但是並不缺少智慧，張勝對她一說，她就明白其中的利害了。她今晚受了驚嚇，又擔心張勝的傷勢，本來氣色就不好，加上張勝對她一番暗授機宜，更是心領神會，此時看她的樣子，臉色蒼白，淚痕猶在，髮絲略顯凌亂，七分真三分假，果然是一副驚弓之鳥受驚過度的模樣。

喬副局長見狀勉強點點頭，在一旁的凳子上坐下來，頷首示意道：「好，你說吧。」

張勝開始講述起事情的經過來，說到最後，他憤怒地道：「事情經過就是這樣，我因為擔心她，所以才闖了紅燈，等我趕到現場時，他們已經被激起義憤的群眾包圍起來打成這副模樣了。」

喬副局長看看他的手，淡淡地問道：「那麼，你的手是怎麼回事？」

張勝看看手指，若無其事地道：「哦，女朋友被鬼子欺負，被老闆出賣，我當然生氣啦，可是圍毆的人太多了，我都衝不進去，人多手雜，也不知被誰碰了，當時都沒覺得痛。」

張勝眉尖一挑，又道：「這種人渣，如果讓我遇到了，哪怕他欺負的不是我女朋友，我也會衝上去揍人的，尤其是小鬼子。可惜，今晚沒逮著機會，警車跟著我來的，前後腳兒，沒得著工夫。」

喬副局長只是笑了笑，對他的話未予置評。

就在這時，人還沒到，一個囂張的聲音就傳了進來：「我抗議！我國公民被你們國家的人無理毆打，你們必須就此事鄭重道歉並嚴懲兇手。」說著，一個穿米色西裝的男人在幾個人陪同下走進來。

喬副局長忙迎了上去，問道：「你是？」

「我是日本領事館的三秘高橋浩二！」

米色西裝的男人臉色嚴肅地道：「我抗議我國公民在你們的國家不能得到保護，致使他受到如此殘忍的暴力襲擊！如果你們不能妥善解決此事，我們將照會貴國外交部！」

喬副局長忙道：「這件事我們還在調查當中，待我們調查清楚後會給貴國領事一個清楚的解釋，您先不用激動。」

三秘先生重重地哼了一聲，一拂袖子道：「我去探視小村先生，請你離開。」

喬副局長皺皺眉，有些不悅地避到一邊，高橋浩二從他身邊走過去，美枝子和幾個日本人迎了上去。美枝子和徐海生非常熟，電話裏徐海生已經叮囑過她不要驚動領事館，但是美枝子做不了這些人的主，他們都是在酒屋喝酒的人，出於同胞之情才自告奮勇地陪同小村一郎到了醫院。

所以美枝子雖然說出小村一郎的一位中國朋友馬上趕來處理此事，請他們不要通知領事館，還是有人打了電話，這位領事馬上便派了三秘過來查問情況。由於他們就住在市裏，比正從守備營趕回來的徐海生到得還早。

高橋浩二一見被包得像粽子似的小村一郎，頓時一聲驚叫，又扯著嗓子吼起來：「我要見你們警方的最高負責人，你們必須追究肇事者的責任，嚴懲兇手！」

「勝子……」小璐擔心地拉住張勝的手。

張勝握了握她的手，微笑著安慰道：「沒事的！」

這件並不複雜的案子成了喬副局長手頭最棘手的案子，雖說來自酒屋的日本人眾口一詞，為小村一郎粉飾，不過當事人小璐和從現場尋找的幾位證人證詞卻完全一致，警方根本不需要過多的調查就足以對案子做出公正的判定，只是由於兩名被告全被打成了重傷，而且身分特殊，這處理就不好辦了。

忙了半宿，喬副局長還沒理出頭緒，只好暫且把這事放下回了家。第二天一早，他來到單位，正想就此案同一把手再好好研究一下處理方案，忽地看到案頭一份早報，拿起來一瞧，喬副局長不禁暗暗叫苦。

現在這資訊時代，有點什麼新聞傳得也太快了。那報上報導的事情雖未點清當事人的身分，可是描述的整件事，根本就是昨晚發生在彩虹路富士山居酒屋的事情。

文中不點名地說，接到某知情人打來的電話，說某外企老闆同一日本商人洽談生意，因該日本商人看中了陪同前去的女助理，於是這位老闆協同日商試圖逼其就範。

女孩拚死掙扎，逃出酒店後被路人救下，激於義憤的群眾一呼百應，把兩個無良商人暴打一頓，女孩的男友趕到後向大家含淚致謝，此事警方已經涉入，正在進一步調查，該報如有消息，將進一步傳達給大家云云。

這篇文章寫得那叫一個詳細，甚至連人物表情、語言都巨細無遺，唯一含糊的就是雙方的姓名，以及事情發生的地點和酒店的名字。

喬副局長暗暗吃驚，連忙拿了這份報紙去見局一把手，案子彙報完了便磋商處理方案，還沒研究出個妥善的方法，傳達室送來了日報，上面赫然登著同樣一件案例，說法大同小異，喬副局長苦笑一聲說：「好嘛，早報、日報全登上了，我估計商報和晨報也差不多，這輿論造的，那個張勝看來也不是好惹的呀。」

局長沉思了一下問道：「這個張勝……現在在什麼地方？」

喬副局長攤攤手道：「昨晚那位日本領事館的三秘一再要求我馬上拘押張勝。張勝又一口咬定是憤怒的百姓群毆，把兩個外商打得人事不省，自己撇得乾乾淨淨，我只好讓他做了登記先回去，今天來局裏協助調查。」

局長背著手直搖頭，這時房門叩響了，得到允許後，一個員警走了進來，立正道：「局長，昨晚與外商發生糾紛的張勝來局裏報到了，不過……」

「不過怎麼樣？」

「不過他情緒很激動，說是昨晚回去，街坊四鄰的聽說之後，有些人亂嚼舌頭，說他的女友實際上已經被人給糟蹋了，他的女友因此情緒很不穩定，還試圖自殺，現在他正讓自己的家人看著呢，希望我們儘快處理被告，還他以公道。」

局長和喬副局長對視一眼，局長擺擺手說：「我知道了，你先出去吧。」

門一關，兩個人都笑了。喬副局長坐在沙發裏，把手指捏得直響，笑著說：「這傢伙，不簡單，先是買動各家報社大造輿論，然後又來了個以攻為守，現在誰想捏他一把，都得小心扎一手血呀。」

局長也笑起來：「不管怎麼說，那個日商和港商才是罪魁禍首，現在的形勢對張勝是有利的。強大的輿論聲勢造出來了，人家的女友『自殺未遂』，又是激於義憤的群眾動的手，法不責眾嘛，現在到哪兒去給他找個兇手出來？」

就在這時，一個員警又敲門而入，急急說道：「局長，日本領事館打電話來，要求我們增派警力保護，說是現在有些人跑到日本領事館門前抗議日本商人罔視法律，欺辱中國女孩，要求他們鄭重道歉，還中國人民以公道。」

局長的臉色凝重起來：「這小子，一不做二不休啊，想不到他這麼有能量。老喬，你去領事館那邊佈置一下，我估計不會真出事，他在報導裏不說人名、不說地名，已經留足了迴旋的餘地嘛。不過要以防萬一，不能不做防備，你快去吧，我親自去醫院一趟，先探探那兩個外商的意思。」

「好！」喬副局長站起身，問道：「那個張勝還在局裏，怎麼辦？」

局長沒好氣地道：「怎麼辦？涼拌！還不是他鬧出來的？讓他坐冷板凳去吧，我們走！」

第五章

疑竇

「鍾姐，這麼晚了，你還沒睡呀？」

「哦，呵呵，我已經睡了。睡的時候雨停了，結果半夜又下起來，吵得人睡不好。我起來關窗子，看到你們回來，所以來接一下。」

「真是麻煩你了，鍾姐。」小璐感激地説。

兩人到了宿舍樓下，小璐收了傘，甩了甩雨水，無意間瞥了眼鍾情的頭髮，心中忽起疑竇：鍾情的髮髻非常整齊，根本不像睡過的樣子，

她為什麼要説已經睡了？僅僅是隨口敷衍嗎？

還是她根本就一直等在那裏？她是不放心我們雨夜晚歸？

不……她是不放心他雨夜晚歸……她為什麼要做掩飾？

醫院病房內，關廠長捂著手機，正鬼鬼祟祟地給廠裏打著電話，安排工作上的事。他沒敢說自己受傷，只說有位重要客人突然到來，他需要親自接待，並陪同走訪一些地方，得過幾天才能去上班。

關廠長之所以不敢跟廠裏明言，是因為擔心他的妻子和妻子娘家知道詳情。廠裏幾個從香港帶來的副廠長可是妻子娘家的人，而妻子娘家現在還有一個奶奶在世。這位老太君和她的丈夫在當年日本侵佔香港時沒少受鬼子的氣，如果讓她知道自己為虎作倀幫著日本人欺侮同胞，老太君一發火，他就一無所有了。

隔壁病房裏，小村一郎躺在病床上，正在慷慨激昂地說著話，就像在發表演說，聲調時高時低，時而歇斯底里。徐海生坐在對面，支著二郎腿，擰著身子，沒好氣地聽著他說話，不時也用日語對答一番，聽在不懂日語的人耳中，很像是兩個人正在吵架。

徐海生攤攤手，對小村一郎道：「小村君，我知道你不服氣，可是怎麼處理才是對你最有利的呢？這件事如果鬧開來，就成了國際事件，打人的固然要受制裁，你也逃脫不了強姦未遂的罪名。」

小村一郎剛要說話，徐海生一伸手制止了他，提高嗓音道：「小村君，我告訴你，這件案子根本不難查明。你幾近赤裸地跑出酒屋，看到的人成百上千，你有一千張嘴也說不明白！你不要以為現在還是滿清那時候，那時是官府怕洋人、洋人怕百姓、百姓怕官府。現在的官府，雖說為了招商引資不願引起太大的外事糾紛，但是像你這樣幾十上百人都能作證的犯罪行為，是絕不會坐視不管的。」

說到這兒，他放緩了語氣，又道：「小村君，你是有身分的體面人，男人嘛，買春風流，不算什麼，可是用強逼姦不成，反被人一頓飽揍，這事一旦傳回日本，你會成為上流社會的笑話，得不償失，何苦呢？」

小村一郎雙手握拳，仰天長嘷：「豈有此理！八格牙魯！難道你要我忍氣吞聲不成？那個傢伙是你的什麼人，你要這樣幫著他？」

徐海生淡淡地道：「我和他只是生意上的夥伴，關係絕對沒有你我親近。我這樣勸你，完全是為了你著想。殺人一千，自損八百的事，做也就做了，殺人一千自損一萬的事能做嗎？你已經被打了，難道還能打回來？就算他因罪被拘留，你也會被遞解出境，聲名狼藉不說，我們的生意也泡湯了，何必跟自己過不去呢？」

小村一郎牙根緊咬，目泛凶光。

徐海生輕聲一笑，說道：「我們中國有句古話，叫做君子報仇，十年不晚。小村君，來日方長，你急什麼？」

小村一郎目光一閃，迎上徐海生的目光，探詢著他話中的意思。

徐海生臉上閃過一片陰霾，冷聲道：「這小子已經漸漸脫離我的控制了，我有種預感，早晚有一天，我會親手收拾掉他的！」

小村一郎臉上露出一絲獰笑：「很好！徐君，我相信你，希望這一天快點到來。」

徐海生微微頷首：「當然！」

「那時候，他的那個女人，給我。」

徐海生笑了：「想不到你對她倒是情有獨鍾，不過……她可不屬於我，輪不到我送你吧？到時候如果你還喜歡，難道不會自己想辦法？」

小村會意，哈哈地大笑起來，笑聲牽動他的傷口，疼得他一陣齜牙咧嘴，臉色顯得無比猙獰……

警方本以為這件案子會變得很難處理，因為一旦民眾關注度高了，再加上外國領事館介入，要想達到讓各方滿意的效果就非常困難了。

從目前的情形看，張勝的女友並沒有受到實質性傷害，他們是想息事寧人的，而那個港商也很奇怪，支支吾吾的，好像特別怕公開他的身分，一清醒過來就表示出放棄追究、儘快結案的想法了，少了一個大阻礙，剩下的就得看日本人方面的態度了。

而日本人骨子裏是典型的欺軟怕硬，所以喬副局長並不想向他們示弱，這種人是蹬鼻子上臉的那類人，不能太客氣。

他趕到醫院後，把警方調查掌握的情況向小村一郎、關捷勝以及正在現場的徐海生、美枝子等說明了，暗示他們由於尚未造成嚴重後果，所以如果小村一郎和關捷勝願意放棄被毆傷的追究權利，阻止日本領事館插手，那麼警方願意從中斡旋，勸解對方放棄繼續追究。

喬副局長的態度不卑不亢，先就削了小村幾分傲氣，而喬副局長說明現在社會上的反響，話裏話外又反覆強調是普通民眾出於義憤動手打人，張勝並非致其重傷住院的兇手之後，也令小村一郎覺得現在整治張勝不太現實，於是在徐海生主動代他表示出願意和解的態度後，他雖仍一臉傲然，還是表示了同意。

喬副局長不知道徐海生已經對小村一郎做了大量勸解工作，見他這麼好說話，不禁鬆了口氣。

日本對華的政策一向是政冷經熱，政治上想打擊，經濟上又離不了。小村一郎是經濟界人士，與政治無關，他本人既然表示出想息事寧人的態度，領事館方面就沒必要不依不饒了。

而且領事私下調查，也知道了他很不體面的行為，示威群眾和不斷打往領事館的痛斥電話，也讓他意識到了這件事對中國民眾感情的傷害，所以他也不想把事態擴大，在自己任內僵化雙方關係，彼此各方出於種種考慮，轉而開始商量如何體面地解決這次中港日三方商人鬥毆事件。

五天後，省城各大報刊登了同一則消息：

前幾天，我市各報報導了一起外商酒醉逼女子獻身，惹眾怒當街群毆的消息。目前，經警方細緻縝密調查，並走訪大量當事人，終於弄清了事情的來龍去脈。原來這是一起由於語言不通造成誤會的事件。由於語言上的誤解，致使當時陪同前往酒店的女孩受驚逃走。

結果路人誤會出手救助女青年的時候，這位日本商人大呼「救命」，因其發音酷似一句罵人的方言，招致眾怒，引來更多的打罵。經過有關部門積極穩妥的處置，昨天下午此事得以圓滿解決。在各有關部門的共同努力下，這位日籍商人與那位女青年的男友張某最終消除誤會。

昨天下午四時十五分，在彩虹區政府九樓會議室，彩虹區政府有關領導主持了一次特殊的見面會，與會者除了糾紛雙方以外，還包括區委區政府、市外辦、市外資局、市對外友好協會辦公室以及區公安局的有關部門負責人。

這位日籍商人表示，我市的社會和諧穩定，外商享有種種優惠政策，在我市投資創業安全是有保障的。那晚的糾紛，純粹是一場因語言不通引起的誤會。他原諒並欣賞路見不平者的正義行為，並表示自己將嚴格遵守中國法律，努力學習漢語，加強溝通和瞭解。

張某則表示，文明禮貌表現的不僅是個人形象、城市形象、市民素質，也在一定程度上反映了社會的文明程度。這起誤會的發生，說明現代社會，大都市國際化的發展下，國際通用語言在溝通上的重要性，他感慨地呼籲廣大青少年努力學習外語，將來為我市的經濟發展和文明建設做出應有的貢獻。

誤會消除了。

張勝與關捷勝、小村一郎之間的事，因為張勝搶先發動，獲得了有利的形勢，迫使對方有所顧忌，最終以一種特殊的方式得以解決。這對張勝來說是獲得了全勝，因為即便坐定了是強姦未遂，按刑法也只能判處三年以下有期徒刑，這樣的輕罪對外籍人士的處理一般只是驅逐出境。如果對方咬定是張勝動用私刑，毆人重傷，至少一個拘留是少不了的。現在自己的女友沒有造成實質性傷害，又把兩個敗類痛毆一頓，理智的做法自然是見好就好。

經過這件事，小璐終於同意了張勝的建議，到他廠子裏幫忙了。

小璐性情溫順，做事有股韌勁兒，屬於外柔內剛的性子，先前總是習慣以良好的願望來揣度人情世故，總以為只要自己真誠地對待別人，也一定能收獲一份真誠；總以為對她關心的人，應該不會存著什麼壞心思，而她厭惡的人，儘量避而遠之就是了，以為這樣就可以從容地在這世間生存了。

當她只是個普通女工時，生活圈子相對單純，她與人無爭地默默地生活著，再加上人前人後總掛在臉上的甜甜笑容，的確讓她更容易被人接受，就像是人群裏的一隻可愛小貓，因為無害，所以能與人很好地共處。

而隨著升職帶來的一系列生活空間的改變，使她無意中邁入了某個利益圈子而不自覺。她不再是那隻與人無害的可愛小貓，而變成了一隻有著美麗犄角的小鹿，成為了別人垂涎與狩獵的目標，而她這時還抱著一顆純善的心來面對，結果只能是碰壁了。

小村與關廠長的醜惡表現，讓小璐終於明白，這個社會並不是憑善良、憑能力就能立足的。女人要想在社會中打拚出一片天地，需要付出的實在太多了，而以她的個性，並不足以支撐自己打拚出一片天地來。認清自己，才是走向成熟的第一步。

小璐為人特別敏感，先前顧忌較多，總是擔心別人說閒話，擔心別人說他們開夫妻店、擔心張勝的親戚朋友橫挑鼻子豎挑眼。現如今認清了自己，才明白別人說什麼都並不重要，重要的是找到適合自己做的事，愛一個人，就給他更多的支持，不在於形式，而在於需要。

現在她最需要做的事，就是與張勝並肩站在一起，分擔他創業的艱辛，給他更多的慰藉，不論是生活上，還是精神上。

張勝那晚匆匆離開秦若蘭的家，彼此之間留下一個未解的結，如今時過境遷，他更沒有勇氣去見若蘭了，若蘭也沒有給他打過電話，張勝狠下心，乾脆避而不見了。

在他想來，秦若蘭是一時衝動，這種性格外向的女孩子一般不會死心眼兒，過段日子也就會淡漠了這段感情。殊不知若蘭衣帶漸寬，日漸憔悴，只是因為知道他有女友，道德感使她強自壓抑，不敢和他取得聯繫而已。像她這樣輕易不動情的女孩子，一旦動了心，哪那麼容易驅除走進她心裏的男人？

小璐擅長的是行政工作，不過一家公司最主要的部門就是財務部，張勝的公司財務又出過事，所以他現在特別看重這一塊，而且自從發生了居酒屋事件後，他不願再讓小璐拋頭露面，於是便把她安排到了財務部。

小璐對這一塊業務是外行，她想做好張勝的賢內助，可是限於財會知識有限，總感到有心無力。要強的小璐上了十多天班之後，就跑去電大財會班報了名，每晚都要回城裏上課，這一來，兩人相聚的時間倒是比以前多了，但不是在財務室就是在回城出城的車上，纏綿談心的時間反而更少了。

小璐知道張勝管著整個公司很辛苦，多次勸他不要來送自己，但是張勝除非晚上有重要應酬，否則總是堅持親自送她。這樣雖然很累、很苦，但是兩個人的心卻比以前貼得更近、更甜蜜，只是偶爾想起秦若蘭，張勝的心中不免悵然。

這天，張勝回城辦事，路過公安醫院，他把車停在醫院門外，盯著四樓外科病房，打開車窗吸著煙。一連吸了三支煙，也沒有勇氣走進去，終於還是輕聲一歎，啟動車子離開了。

四樓窗口，秦若蘭定定地望著窗外，一手舉著點滴瓶，就保持那姿勢，一動不動，就好像石化了一樣。點滴瓶的瓶底塑膠吊繩距棚頂垂下的吊杆只有幾釐米的距離。她的眼中先是閃過驚喜和興奮，慢慢地變成了擔心和緊張，最後，當張勝發動車子揚長而去的時候，秦若蘭提到嗓子眼的心一下子沉了下去，嘴角委屈地抿起來，眼中溢出了閃閃的淚光。

「大夫、大夫……不是，護士……你這麼舉著不累嗎？」床上的病號小心翼翼地說。

「啊？」秦若蘭如大夢初醒，雖說她體質極好，這手舉了這麼久也酸得厲害，被他一提醒，一下子放了下來。

那病號慌了：「哎喲，可別，護士，會回流的呀。」

「對不起，對不起！」秦若蘭連忙給他掛好輸液瓶，鼻子酸酸地走了出去。

張勝的車開到了省工商聯，向門口的武警問清了道路，向大院後邊駛去。

張二蛋帶領資金部的人正在省工商聯工會活動室內集資，張勝今天就是來找他的。

張二蛋經過一番認真考慮後，最終還是採納了徐海生的意見，在市工商聯租了間辦公室，大大方方地搞起了集資。那年月對這類民間集資，只要能按時償付利息，不造成不良社會影響，政府一般是睜隻眼閉隻眼的。

張二蛋的企業名聲在外，規模龐大，所以倒沒幾個人擔心他到期不能償付利息的。所以在沒有宣傳的情況下，第一天來辦理集資的都是工商聯大院裏的機關幹部。這些人剛開始還保持觀望，然後便有三三兩兩的人前來諮詢，當真的有人拖錢前來集資時，觀望人群的熱情一下被點著了，紛紛急著去銀行取錢，生怕晚了就趕不上似的。

僅第一天，張二蛋就順利集資兩百多萬元。緊臨市政府的工行儲蓄所這一天人來人往，分外熱鬧，不過取多存少，不得已，只得臨時調撥資金以應急。

集資形勢如此喜人，把張二蛋心中尚存的一絲隱憂也沖到爪哇國去了。這種方式來錢快，又不需要像銀行貸款一樣先提供抵押，唯一不足的就是利息高了點，不過憑著寶元集團的贏利能力，這點利息不會造成太大影響。

根據會計最新報來的資料，集資一周以來，集資款總額已超過一千萬。張二蛋拿著這份報告，笑得躊躇滿志。

今天，張二蛋是應邀來工商聯集資的。張二蛋在市工商聯的集資行動很快傳開了，其他單位的職工頗為意動，紛紛向領導提出該為職工謀點福利，於是市政府辦公室通過關係，向寶元集團提出專門對他們的職工辦理一次集資服務。

張二蛋一向認為官與商不可分家，達官貴人的要求不能拒絕，自然一口答應，為了以示隆重，他還親自趕了來。張勝事先打過電話，知道他在城裏，這才趕來見他。

一到市工商聯的辦公樓，人就多了起來，這些人都是來集資的機關幹部。現在人們在報上一看到非法集資四個字，就能把其中的風險說得頭頭是道，一副旁觀者清的模樣，可在現實生活中並不是這樣。且不說那個時代企業集資風盛行，人們的風險意識極低，就是現在，仍有不少企業在搞高息集資，得是關係單位或者有權有勢的單位，還得托關係走後門才能擠進去分一杯羹。

這種事是要作為單位辦公室、工會的一項政績，一件為員工謀福利的大事寫進年終總結的，誰會想到那遙遠的風險能和自己掛上鉤了？而且事實上高息攬存集資，一開始就是為了騙錢的終究是少數，大部分企業還是能按時還款的，這是事實。

更何況寶元公司還拉上了市工商聯和太平鎮農村信用合作社，如日中天的「寶元集團」與「農村信用合作社」，還有「市工商聯」這麼三塊金字招牌，更給人一種信譽卓著的模樣，足以打消人們的所有疑慮了，人們是趨之若鶩。

所以，雖說民間集資並不受我國現行法律保護，但誰會想到風險能和自己掛上鉤？

市工商聯的工會活動室已經把桌椅重新安排了一下，電源線鋪了一地，信用社的儲蓄人員擺好點鈔機、海綿盒、帆布錢袋子，開了三個組收錢，還有保安維持秩序。

張勝趕到的時候，正有幾個人往裏搬著一箱箱的飲料，張勝便往旁邊讓了讓。這時，身邊一個男人突然道：「喂，你……你好像是張……張勝是吧？」

張勝一扭頭，只見是個中年人，身穿一套深藍色西服，方臉白面，中等身材，從舉止氣度上看得出是個官場上的人物，張勝瞧著眼熟，卻沒認出來是誰。

張勝正疑惑呢，那人笑著自己揭開了謎底：「我是彩虹區公安分局的喬羽，你還記得嗎？」

張勝恍然大悟，他因為居酒屋毆鬥事件第二天趕去區分局接受調查，坐了大半天的冷板凳，後來就是這人進來告訴他事情有了緩和的餘地，希望他也能讓一步，讓各方都能下得了台。

這些事背後的無奈和複雜，張勝也是明白的，他知道事情的處理並非這位局長不肯主持正義，所以對他並沒有什麼成見。一認出他來，張勝也笑了，伸出手與喬局熱情地握了握：「記起來了，原來是喬局長，你好你好，你這是……」

喬羽呵呵一笑，看看那擁擠的三條長龍，把他拉到一邊，說道：「哎呀，這不是寶元集團正在集資嘛，我的幾個親戚朋友拿來一些錢，托我來集上。你看，我的工作也很忙，這隊伍這麼長，還不知要站到什麼時候，我知道你和寶元老總關係密切，如果方便的話，你看能不能照顧照顧啊？呵呵，當然，如果不方便就算了。」

張勝一聽，扭頭看看集資的人群，那些排長隊的人已經很警覺地向他們看來。如果現在把喬羽的錢接下來，這些排隊的難免有人要罵爹罵娘。他靈機一動，小聲說：「喬局長，您開了金口，這麼點小事我哪能不幫忙？不過我在這兒接下來不合適。您看……」

他四下瞧了瞧，說：「你先出去，把錢送到側門，我進去見了張總，讓他派人去側門接進來，讓他們到後面去給你點清楚，馬上開收據給你，你看怎麼樣？」

喬羽一聽連連點頭，轉身便出去了。張勝走進去，找到正在喝茶的張二蛋，兩人聊了幾句，張二蛋便吩咐了下去。片刻之後，便有一組收款人員聲稱可能收錯了款，需要馬上核票對款，暫時停了那個收款窗口，把收據和錢都提到後邊去對賬了。

他們開了側門，把喬羽喬局長的款子收進來點清，一共是一百八十二萬，錢袋裏確實有三四個人名，並沒有一個姓喬的。他們便照著那些名字和後邊的錢數開好收據交給喬羽，這才返回前台。

前後只花了不到一刻鐘的時間款就收完了，喬局長十分高興，驗過收據之後，遞給張勝一張名片說：「小張，很夠意思啊，大家交個朋友，以後有事打聲招呼。哈哈，先說好，可不能是違法亂紀的事情。」

張勝也笑了，在這種部門工作的朋友當然認識得越多越好，不過還是不要有什麼事麻煩到他們才好。

送走了喬局長，張勝趕回去，開始和張二蛋談事情。今天張勝來，主要是和張二蛋洽談合作的事，張勝已經與徐海生商洽過了，準備籌措三百萬元入夥張二蛋的煤礦。張二蛋是韓信用兵，多多益善，對他的加盟表示歡迎。而徐海生因為有了張二蛋這個資金管道，對寶元匯金的資金需求便有所鬆動了，張勝的經營的確紅火，雖說他不看重這塊收入，但是對他來說畢竟是一塊穩定而逐步攀升的收入，所以對這個經營主張也表示了同意和支持。

張勝和張二蛋一番商量，最終確定了張勝參股的事情，這一來，他們兩個的企業就變成互有股份了，關係自然比以前親近得多。張二蛋今天親自帶隊只是為了和省政府的有關領導見個面而已，上午他們已經聊過了，張勝一來，他也不想再在這種吵吵嚷嚷的地方多待了，便和張勝離開，同資金部的幾個下屬一起在附近酒店喝了頓酒。

天色已晚的時候，張勝見天色陰沉，秋風刮得越來越急，心中掛念著還在上電大的小璐，便搶著結了賬，送走了酒意醺然的張二蛋，便趕向小璐就學的電大學校。

風越刮越急了，張勝把車停在電大門口，看著匆匆而過的路人，把窗子打開一條縫，點上一支煙吸了起來。過了一會兒，天空中響起轟隆隆的沉雷聲，前擋風玻璃被一顆顆雨點打成了花臉。

張勝扭頭向電大校園裏看了看，小璐所在的教室正亮著燈，他微微笑了笑，合上車窗，把車座放平了些，躺在上面小憩起來。

晚上八點，小璐放了學，這時只有淅瀝的小雨輕飄，天色如墨，看起來這場秋雨還沒爆發完。

小璐走到門口，下意識地四下打量。張勝只要有時間，一定會親自來接她的，如果走不開，一般也會安排了人接她，如果事先不能說定，也會在她放學的時間打個電話告訴她一聲，但是今晚卻沒有什麼動靜，所以她有些奇怪。

小璐四下看了看，瞧見路燈下那輛黑色賓士，臉上露出了釋然、開心的笑意。她抱著書袋跑過去，白色旅遊鞋在地面的積水裏踏出了一圈圈漣漪，把投在地上的燈光搖曳得支離破碎。

輕輕打開車門，小璐欠身坐了進去，一邊摸著打濕了的頭髮，一邊笑盈盈地道：「勝子，你啥時來的？」

張勝沒有說話，小璐一怔，扭頭一瞧，借著車外路燈的燈光，她看見張勝仰臥在座位上，頭輕輕歪向一側睡得正香，他的身體隨著呼吸微微地動著，還有輕微的鼾聲。

小璐憐惜地歎了口氣，小心翼翼地放好塑膠袋裝著的課本，托著下巴打量了張勝一陣，輕手輕腳地脫下自己的外套，悄悄蓋在張勝身上，然後把他虛搭著的一隻手托在自己的掌心裏，柔柔地在他掌背上一吻，然後睨著他熟睡的臉龐甜蜜地笑了。

「嚓！」一道如青蛇般的閃電，緊接著一串陰雷陣陣。

「唔！」張勝的身子顫了一下，一下子睜開了眼睛。

他摸索了一下蓋在身上的衣服，扭頭看見了小璐。

「你下課了？現在幾點了？」張勝看看錶，「呀」地一聲道：「都九點半了，你在車裏坐了一個多小時，怎麼不叫我？」

小璐悻悻地道：「這雷真討厭，把你給吵醒了。看你累得……我說過多少次了，不用你接送，你偏不聽，我不想成為你的麻煩。」

雷聲陣陣，雨又驟急。張勝發動了車子，雨刷器刷清了夜色，轉瞬迷離。

車子開了起來，張勝輕笑道：「這叫什麼話，你什麼時候成我的麻煩了？接送自己的女友上下課，天經地義吧？我還見過你同學的男友從上課等到下課呢。」

「那不同，他們無所事事啊，你平時的事情夠多的了。」

張勝拍拍她的小手，笑道：「是啊，我平時的事情是多，可是辛辛苦苦做這些事圖什麼呢，還不是圖我們的生活更幸福？如果因此放棄了生活，豈不是本末倒置？」

一個小時後，車子開回了公司。張勝把車停在公司門前的車道上時，雨下得正大，雨滴像豆粒般地撒了下來。整個天空被烏雲籠罩著，公司門口兩盞路燈淡淡的亮光也被傾盆而下的大雨吞沒了。

張勝看看門口，像個孩子似的笑道：「雨不小，一時半會兒還不見得停，咱們衝進去吧，怎麼樣？」

「好！」小璐穿起外套，也有點躍躍欲試。

張勝熄了火，兩人飛快地打開車門，快速地跑到公司主樓的雨搭下。被暴雨一淋，小璐驚叫連連，張勝則哈哈大笑。

這裏並不太寬，停不了汽車，由於大門是玻璃鋼的，上邊的雨搭也設計成了藍色玻璃鋼拱頂的，看著很新穎。不過在這樣風驟雨急的時候，它的作用有限，即便站得靠近門口，風也會把雨水潲到腿上。

兩人偎依在門下，張勝細細打量，小璐原本直直的黑髮被雨水一淋，多出些彎曲的小卷，有些頭髮緊緊貼在她美麗的臉上。一些雨水從她的齊肩髮繼續滴落到粉紅的襯衫上，讓襯衫變得有些透明。透過半透明的襯衫，張勝可以看到她襯衫下面黑色飾帶的胸罩。

這裏只能借助大門口微弱的燈光，無法看得清晰，胸部只是一團黑色的陰影凸現出來的美好曲線，但是正因看不清楚，可以充分想像著乳罩下面所罩著的美麗乳房。小璐或許覺得自己現在的樣子有點狼狽，但是在張勝眼中，她現在呈現出的風情很是迷人。

「小璐……」

「唔……」

小璐被他溫柔的擁抱和正在自己嘴唇上輕撫的手指弄得意亂情迷，迷迷糊糊地答道。

「我們……上樓去吧。」

「嗯，好……」小璐下意識地答著，忽地反應過來，一下子瞪大了雙眼，結結巴巴地道：「上……上樓？我……我還是回宿舍吧。」

雨水很冷，風吹在身上更冷，張勝把小璐擁在懷裏，用更加溫暖的聲音誘惑道：「這兒距宿舍樓還有段距離呢，你要是跑過去，身上可就全淋透了。走吧，咱們上樓吧。」

小璐心中也是一陣蕩漾，但她克制著感情的軟弱，掙扎地說：「這兒離宿舍樓遠，那你開車送我過去嘛，然後你再開回來。」

張勝靦著臉笑：「我不開，你要會開自己開好啦。走吧，小璐，在我這兒住一晚怕什麼。」

「我不……」小璐臉紅得像柿子，不依地輕推他：「好啦，別鬧啦，快送我過去嘛，你也好累了，早點休息。」

張勝鍥而不捨地繼續勸道：「真是的，不用那麼保守吧，咱們還有三個月就是堂堂正正的夫妻了，住在一起怕什麼？」

「我……」小璐忽然心慌起來。女人是一種很情緒化的動物，如果氛圍合適，原本不可能答應的要求，有時就會稀裏糊塗地答應下來，如果張勝繼續懇求幾句，她真不知道自己是否還能堅持了。

大雨如注，扯天連地如同巨幕，風寒、雨寒，空氣濕濕的叫人難受，尤其……他等了這麼久接她回來。小璐現在好想躺在柔軟乾燥的被子裏，抱著他光滑溫暖的身體，依偎在他寬闊的胸膛上……

就在這時，一束光忽然照了過來，兩個人一驚，連忙分開了身子。

燈光照見他們便向下移去，落在他們的腳下。張勝瞇著眼向燈光望去，見一個持著手電筒的人影在原地停了一停，然後便繼續向他們走來，那人來的方向正是職工宿舍那邊。

那人在幾步之外站住了，停在雨裏，輕輕地笑了笑：「剛才恰巧看到車子回來，果然是你們。我就猜你們沒帶傘，呵呵……」

「啊，是鍾姐……」小璐臉蛋紅了紅，腳尖兒不安地碾著。

雨中，站著一個風姿綽約的妙人兒，驟雨打得傘微微歪向一邊，鍾情小半邊身子都淋濕了。

張勝的臉悄然一熱，雖然看不清鍾情的模樣，他卻有種被窺破了心事的感覺。

鍾情繼續走近，輕笑道：「張總，我接小璐回去吧，我給她帶了把傘。」

她遞過一把雨傘。小璐踏前一步，接過自動雨傘，「砰」地一下打開，然後親熱地說：「謝謝鍾姐，咱們一齊走吧。」

小璐回過頭來，得意地睨了一眼張勝，向他扮個鬼臉。

張勝咳了一聲，一本正經地說：「嗯，麻煩鍾姐了。小璐啊，回去把濕衣服換掉，免得感冒，這個……早點休息，明天還要上班呢。」

「遵命，董事長。」小璐調皮地笑著，和鍾情並肩走進了風雨之中。

「鍾姐，這麼晚了，你還沒睡呀？」

「哦，呵呵，我已經睡了。睡的時候雨停了，結果半夜又下起來，吵得人睡不好。我起來關窗子，看到你們回來，所以來接一下。」

「真是麻煩你了，鍾姐。」小璐感激地說。

此時，兩人已到了宿舍樓下，小璐收了傘，甩了甩雨水，無意間瞥了眼鍾情的頭髮，心中忽起疑竇：鍾情的髮髻非常整齊，根本不像睡過的樣子，她為什麼要說已經睡了？僅僅是隨口敷衍嗎？還是她根本就一直等在那裏？她是不放心我們雨夜晚歸？不……她是不放心他雨夜晚歸……她為什麼要做掩飾？

小璐的心沉了沉，忽然有種不舒服的感覺。記得她剛剛決定報考電大，好好學習一下財務知識，儘量幫上勝子的時候，冷庫經理郭胖子曾經語重心長地和她說過一番話，說漂亮女孩子不需要太多的知識，再說張勝也不是雇不到合格的財會人員，勸她留在張勝身邊，做個秘書一類的工作，照顧好他的生活就行。

當時她還有些不服氣，郭胖子說什麼來著？他好像半開玩笑地說，張勝現在已經是個成功人士，相中他的漂亮女人可不止一個兩個，不在身邊看緊了，小心被別人搶了去。那時就覺得他語意含糊，似乎別有所指，不像是簡單地開個玩笑，莫非……

「走吧，快上樓去。」鍾情收了傘，微笑著對小璐說。

「好。」小璐答應一聲。

廊燈下細看鍾情，亭亭玉立，人比花嬌，她隨意一動，就彷彿身上每一處都在動，每一處都在說話，她已把女人的肢體語言發揮到了極致。尤其那雙眼睛，當看著你的時候，你立刻會覺得她彷彿正在向你低訴著人生的寂寞和淒苦，低訴著一種纏綿入骨的情意。

小璐做不出這種成熟嫵媚的味道，但她卻知道，像這樣的女人，正是男人們夢寐以求、求之不得的。一種危機感，悄然襲上她的心頭……

第六章

女人的第一次

小璐的雙眼迅速蒙上了一層霧氣，顫聲說：

「我……我只是覺得，女人的第一次，應該在步入神聖的婚禮殿堂之後，才把它完完整整地交給自己的丈夫。我……我錯在哪兒了？」

眼淚撲簌簌地落下來，她委曲地反問道：

「是不是我現在不給你，就是不愛你，不信任你？你怎麼這麼自私，女人沒結婚就把自己交出去，是女人太隨便太不好，女人想為她愛的男人保留到成婚那一天，還是女人不好，你到底要我怎麼做？」

鍾情把一份名單交給張勝，說：「這是水產批發市場預交訂金的客戶名單，按你的主意，價格又下調了五千，一年內我們是不會賺錢的，還要搭上一些，不過有興趣的客戶一下子增加了五成。」

桌上攤滿了文件資料，茶杯被擠到了最靠外的角落，煙灰缸半埋在文件下面，一些文件上還散落著煙灰。鍾情無奈地搖搖頭，把煙灰缸挪到了茶杯邊，然後把散落的文件整理了一下。

張勝接過名單，一邊翻看，一邊笑道：「要的就是這效果，不能只看到明面上的損失。他們進駐我們的市場，就是為我們打響名氣，這種無形的廣告效果，也得算進我們的收益。合同不是只簽一年嗎？呵呵，一年後再看，我會成倍從他們手裏拿回來。」

鍾情掩口笑道：「你呀，越來越像個奸商了。」

「無商不奸嘛，這是各取其利、各得其所。」

張勝說著，鼻端嗅到一陣淡淡的幽香，抬頭一看，鍾情站得很近，一件月白色收腰女衫，襯著裏邊黑色斜飾花紋的上衣，酥胸渾圓高聳。

「好像是圓錐型……」

張勝心裏一跳，掩飾地笑道：「這件衣服不錯，挺漂亮的，是名牌貨吧？」

「呵，這你可看走眼了，批發市場買的，才四十塊錢。」鍾情抬抬衣袖，喜滋滋地說。

「哦，那可不能怪我，你是天生的衣服架子，穿什麼都好看，自然就把衣服提起來了。」

鍾情臉色微暈，眼波流動，那神采變得生動起來。

張勝咳了一聲，轉開話題道：「有機會你幫小璐帶一件，她穿這樣純白色的上衣也不錯。」

鍾情臉色黯了黯，淡笑道：「這麼便宜的衣服……那可不合適，小璐可是馬上就要做董事長夫人了。」

張勝責怪地瞪了她一眼，說：「那有什麼啊，聽著怎麼這麼彆扭？」

他伸手去夠茶杯，鍾情忙道：「我來吧，你別弄灑了。」

兩個人的手一先一後伸向茶杯，張勝收之不及，一下子握在了她的手上。

「咳！」門口傳來一聲輕咳，兩人抬頭一看，小璐抱著一疊文案正站在門口。鍾情急忙抽回手，不自然地笑道：「小璐來了。」

「鍾經理，我……給董事長送這個月的財務報表。」

「哦，那你們聊，我回去了。」鍾情向張勝點點頭，走出門時順手替他們帶上了房門。

「喏，這個月的財務報表。」小璐的臉色有點冷，張勝沒有注意，順手接了過來。

小璐又說：「徐海生拆借的資金太多了，你應該關注一下。」

張勝翻著報表說：「他不是都按期歸還了嗎？」

小璐說：「問題是，他拆借的資金量越來越大，期限越來越長，這是很大的風險。」

張勝無奈地道：「那你要我怎麼做呢？他是扶持我起家的恩人，又是公司第一大股東，自家的股份全都做了抵押，每期拆借資金和利息都按時歸還，這還不行？世事不外乎人情，我總不能太過分不是？」

小璐歎了口氣，說：「要不說呢，跟熟人、親戚、朋友做生意是最頭疼的事，你公私分明吧，就傷感情，含糊過去吧，自己的權益又沒保障。唉，反正，我覺得有些不太妥當，你總歸是要小心點才成。」

「嗯，嗯，我知道了。」

張勝抬頭看看，辦公室的門已經關上了，他放下董事長的架子，冷不防一拉小璐的手。小璐「哎呀」一聲，站立不穩地向他跌來。張勝的老闆椅向後一滑，讓開空間，正好讓她跌坐在自己腿上。

張勝開懷大笑道：「老婆，沒人的時候就不用擺出一副公事公幹的模樣了嘛。來，坐老公腿上說，咱們經費比較緊張，就這一張椅子，你湊合一下吧。」

小璐想板起臉，終是忍不住噗哧一笑，本來見到方才那一幕，她心裏很不愉快，可是被張勝一逗，她就笑顏相向了，到底沒有發脾氣。小璐很氣自己沒用，她向張勝皺皺鼻子，沒好氣地說：「快點放開我啦，被人看見成什麼樣子。對了，你晚上陪我去新房啊，今晚沒有課，我要抽空把咱們的新家好好收拾一下。」

張勝皺皺眉，道：「今晚？今晚不行啊，今晚我得宴請羅大炮。」

「羅大炮是誰？」

「羅大炮是盛鑫水產批發市場的大戶，他在那兒深孚眾望。如果能把他招過來，就會帶過來一大批中小商戶。這是鍾情挖掘的一個大客戶，他和李爾、哨子兩家都很熟，我今晚特意請了哨子他們作陪，跟他拉拉關係。」

一聽是鍾情聯繫的客戶，小璐就猜到鍾情也會去。若是以前，她是絲毫不會介意的，但是此時心中已種下疑慮，那疑慮就像雞蛋上的一個裂紋，變得越來越大。

鍾情對張勝過度的關心、郭胖子似是而非的玩笑話，剛剛張勝握住鍾情手指的曖昧場面，令她越來越懷疑兩人之間似乎有些不為人知的感情。

這疑慮在心裏轉了個圈兒，她終於聲音低低地說了出來：「勝子，鍾姐……她很漂亮。

你……你是不是喜歡她？」

張勝一愣，小璐緊張地注視著他的表情。

「哈哈！哈哈！怎麼可能……」

張勝一臉好笑的表情。

「真的沒有？」

笑話！當然沒有，有也沒有，這種事是打死也不能承認的，而且絕不能有一絲一毫的猶豫。張勝一臉坦然，斬釘截鐵地道：「沒有，當然沒有！你呀，整天胡思亂想，是不是有人嚼舌根了？」

小璐咬著唇，雪白的牙齒閃閃發光，那雙烏溜溜的大眼睛也熠熠放光。張勝迎著她的目光，沒有一絲閃動和退縮。

許久，小璐忽然展顏一笑：「信你了！那你談生意去吧，我一個人回去收拾屋子。」

張勝暗暗鬆了口氣，說：「嗯，一會兒我安排一下，晚上派車送你。」

說著，他在小璐的翹臀上輕輕一拍，小璐白了他一眼，嗔道：「幹啥？」

「我不幹嗎，大腿麻啊。」

小璐哼了一聲，從他身上跳了下來：「我回財會部了，你忙吧。」

「嗯……小璐！」

小璐站住腳，回身問道：「怎麼？」

「別再聽人瞎說，對我有點信心。我們就要結婚了，我保證，我這一生都會心甘情願地做你這朵鮮花的牛糞。」

小璐「噗哧」一笑，轉身向外走，小手揚在空中，和身後的他打了個無聲的招呼。走出去，房門一關上，小璐嘴角的笑意立刻消失了。

「勝子，你不該那麼坦然的，沒有一絲驚奇、沒有一絲猶豫，就像早已排練好的答案……」

小璐一步步地向前走，心事越來越重……

「來來來，坐坐！」羅大炮是客人，卻主動張羅著。

他高高的個子，長得小鼻子小眼，整個一歪瓜裂棗的殘次品，頭頂光禿禿的，脖子上掛著一條紅繩，繩子上繫著一塊白中透綠的玉飾。大冷的天兒，他還光著膀子穿著個坎肩兒，露出兩條結實有力的黝黑胳膊。

「羅大哥，今天你可是我的貴客，再說，你的歲數也比我大，理應你羅大哥上座。」張勝滿臉笑容地客套著。

「嗨！什麼主啊客的，哨子跟我說的可是哥們兒聚聚，哪來那麼多規矩。你坐你坐，你不坐？那啥，鍾大姐，你坐上邊。」

「鍾大姐？」張勝驚訝地重複了一句，瞧他一臉褶子，鬍子拉碴的，怎麼看都有四十歲了，莫非自己看走了眼，這位仁兄是少年老成？

羅大炮脖子一梗道：「叫大姐怎麼啦？叫大姐顯得親近啊。來來，鍾大姐，你上座。」

鍾情輕輕一笑，低聲對張勝說：「羅大炮性情粗獷，為人豪爽，不是那些斯斯文文的官場人物，你越隨便他越喜歡。」

說完也亮開了嗓門兒，笑著說：「成，那我就坐上邊了。今天不講規矩，大炮，你坐我下首，我和我們老總左右陪著你。」

哨子和李爾今天是陪客，兩人都不太講究，早就東倒西歪地坐在椅子上了。哨子敲著桌子道：「張哥，你隨意坐吧，大炮不是講究人兒，粗人一個，你跟他客氣，那是媚眼拋給瞎子看，白糟蹋那眼神兒了。」

張勝有點不太適應羅大炮這種有點江湖人物的粗放性格，他笑了笑，順勢坐了下來。

羅大炮一歪身子，攬住他的肩膀，汗毛極重的手臂上一塊明晃晃的金錶耀人眼睛：「哥們兒，我跟哨子、小爾他們都挺熟的，你是他們兄弟，就是我的兄弟，兄弟見面，不用裝模作樣。我跟盛鑫水產那幫人怎麼說呢……不鹹不淡。我知道他們心裏不待見我，可又不敢得罪我，就那麼回事吧。要讓我去你那兒，成！可是一碼歸一碼，咱們誰也不是慈善家，你要有得賺，我也要有得賺才成，只要你開的價碼合適，兄弟就拉上隊伍上你的梁山。不過這是後話了，現在不說那麼多，今晚咱們就是喝酒，哈哈……」

張勝笑道：「好，羅大哥這脾氣對我的口味。來，咱們喝酒。」

羅大炮攬著他的脖子，身子一顫一顫的，身上還有股淡淡的魚腥味兒。張勝還沒見過這麼自來熟的老闆，又不好把他的手推開，他嘴裏說著喝酒，可羅大炮攬著他的脖子，他只能靠著椅子坐著，沒法欠身去端酒杯。

鍾情見了莞爾一笑，她剛認識羅大炮的時候，和張勝一樣，也很不適應這人的粗放做派，不過來往久了，也就瞭解了這個人。羅大炮為人仗義、待人熱情，別看行為粗魯，但是心懷坦蕩，有啥說啥，胸腑之中絕無齷齪，是個值得一交的朋友。

她見張勝適應不了羅大炮的做派，神色有點發窘，便想為他解圍。鍾情眸光一閃，一眼瞧見羅大炮胸口不斷搖晃的玉飾，便問道：「大炮，你掛這玩意兒從哪兒淘弄來的，是玉還是牛骨？」

「你說這個？」

羅大炮果然被吸引過去了，他鬆開張勝，掂起胸口那東西，沾沾自喜地道：「哎，我跟你說，這是我在古玩一條街上剛淘弄來的好玩意兒，西周出土文物，牛形玉飾。我屬牛的，今年本命年，正配我。」

「西周的？那可值錢了。」鍾情故作驚訝。

羅大炮頓感虛榮，得意洋洋地道：「可不，來，給你開開眼。」

他摘下玉飾遞給鍾情。鍾情接在手中，觸手便覺溫潤，細看那牛形玉飾，玉色溫潤，牛做站立狀，昂首前視，尖角後聳，身體線條非常簡練，顯得古色古香，只在下唇處穿了一孔，繫在紅繩上。

李爾懶洋洋地道：「就你那眼力，還能淘弄著好玩意兒？鍾姐，給我瞧瞧。」

鍾情把玉飾遞給他，李爾仔細看了看，又舉起來對著燈光映了映，嘴角一撇道：「這哪是西周的，這是上周的。」

羅大炮急了：「啥，你說啥？」

李爾甩手把玉飾扔了回來，羅大炮嚇了一跳，一把抓住，惱道：「我說你小心點兒，七萬多呢。」

李爾哼了一聲道：「放心吧，摔不碎，這哪是玉啊，這是樹脂做的，你又被人家騙了。」

羅大炮訝然道：「不會吧，那老頭兒看著挺老實的一個人，他說這是二十年前他在陝西的時候，用兩袋大米跟人家換的。」

李爾撇撇嘴：「不信拉倒，你上的當還少嗎？有空找個明白人幫你瞧瞧，就知道我眼力如何了。」

羅大炮尋思片刻，咬牙切齒地罵道：「媽的，老子的錢也敢騙，等我找著他再說！」

他說完把玉飾狠狠往地上一摔，張勝真怕這「西周文物」應聲而碎，還好，果如李爾所言，那玉飾在地上彈了幾彈，叮叮噹噹地滾到了門邊，一點事都沒有。

鍾情忙給他斟上酒，勸道：「大炮，算了算了，就當花錢買教訓吧，反正你錢來得容易，別為這事弄得不痛快。來，咱們喝酒，小姐，麻煩你們上菜快點。」

羅大炮怒沖沖地道：「鍾大姐，錢我倒不在乎，可它不是那麼回事兒啊。我前兩天過生日，就這玉飾，都給多少親戚朋友顯擺過了，我這是丟人，知道不？」

張勝現在有些喜歡這個性情粗獷直率的羅大炮了，他舉杯笑道：「你想嚴重了，丟什麼人啊，你那些親戚朋友不是沒看出來嗎？」

羅大炮一翻白眼，脖子一梗道：「誰說沒看出來？我現在想想……媽的，難怪當時他們一大幫子人看完了，那臉色兒怎麼不太對勁兒呢？敢情是早就看出來了，可就沒一個跟我說實話的，害我直到現在還蒙在鼓裏。你說他們能不尋思我是買個假貨充門面嗎？背後不定怎麼笑話我呢，我這臉丟大了。」

哨子瞪了李爾一眼，怪他說破真相讓羅大炮難堪。羅大炮不懂古玩，偏好附庸風雅，他上過的當已經不是一回兩回了，可就是沒點記性，總是相信自己的眼力。

羅大炮越想越氣，恨恨地一拍桌子，罵道：「丟這麼大臉，換誰不氣啊？我是男人，男人的臉比屁股都大，男人的自尊比老二還重要！出來混，要的就是一張臉嘛。」

張勝聽得直想笑，他悶住了一口氣，怕自己當場失禮。

羅大炮悶頭想了想，煩躁地揮揮手道：「算了，不想了，喝酒喝酒。哥們兒，你們今天好好陪陪我，咱們不醉無歸。明天，明天……我再去找那狗日的算賬去！」

司機開著車，張勝和鍾情坐在後面，張勝笑道：「這個羅大炮不錯，打交道我就喜歡這樣的人，沒有城府。最怕的就是那種不陰不陽、哼哼哈哈的主兒，和那樣的人來往，累啊。」

鍾情說：「嗯，這個人性子直來直往，的確很好交。據我瞭解，他和盛鑫水產那邊相處並不愉快，這人有點江湖大哥的氣派，和他處得來的朋友，誰受了委屈，受了欺負，他總是出面維護，我們條件再優惠一點，他會來的。」

「嗯！」張勝點點頭，順手摸出電話，想打給小璐。現在已經九點多了，估計她不會在新房待那麼久。這丫頭心細如針，雖說是自己家的司機，她也不願意讓人家不情不願地等在外面，現在想必已經回了公司，不過他還是想打電話確認一下。

掏出手機一看，今天忘了充電，手機已經沒電了，他又把手機揣了回去。鍾情瞥見他的動作，摸出了自己的手機說：「要打給小璐？用我的吧。」

下午小璐疑心問了一句，張勝現在心裏還有些打鼓，其實他身上現在還揣著手機妹妹的那個手機，這都不方便用，哪敢用鍾情的？如果用鍾情的手機打過去，誰知道那小妮子會不會多想？張勝不便明說，忙擺手道：「不必了，她現在應該回公司了，我回去後過去看看她算了。」

鍾情了然地笑笑，把手機放回包裹。張勝臉有點發熱，忙轉過了頭去。

到了公司，兩人下了車，向宿舍樓走去。張勝給職工宿舍配了電視，現在職工睡得不再那麼早了，從樓下看過去，三樓四樓的男女工宿舍幾乎都亮著燈。小璐的房間和鍾情一樣，也是一室一衛的單間，只不過鍾情的房間在最外側，小璐的在最裏側，這時小璐的房間燈也亮著，張勝一見放下了心。

二人酒意醺然，不過喝得並不太多，那個羅大炮看著挺凶的一個人，喝起酒來更是兇悍，一杯白酒端起來，場面話一說，「咚」地一口就燜了下去。當時把張勝嚇了一跳，只道今晚又是一場艱苦的酒局，想不到這位仁兄喝得是痛快，但是只有三杯的量，三杯一下肚，連他爹都不認識了，拉著張勝一口一個大哥，可勁兒勸他喝酒。

鍾情倒是想代酒來著，可是這酒鬼眼裏只有酒，美人如玉也好、媚眼如絲也好，他是完全免疫。張勝被他硬逼著多喝了幾杯，這才有了幾分醉意。

「你沒事吧？」上樓的時候，張勝問鍾情。

「沒事，喝得不多，只是我適合喝慢酒，大炮敬酒太急了，不乾杯他就覺得不給他面子，這次又是高度酒，我有點兒上頭。」鍾情笑答，扶著樓梯欄杆一步步向上走。

其實，她真的喝得不多，只是……張勝很久不來女工宿舍了，今天二人並肩而走，鍾情有點心緒不寧。

「那天……那天他想要自己的時候，如果我真的給了他……雖然是一段沒有結果的感情，起碼這一生，在我的記憶裏也有了一段美好難忘的回憶。我為什麼要拒絕他？唉！永遠也不可能了，他和小璐要結婚了，以後我該注意一點，別影響了人家小夫妻的感情……」

鍾情心裏百感交集，神思恍惚，上到二樓中間時，「哎呀」一聲叫，高跟鞋滑了一下，身子向一旁歪去。張勝眼疾手快，一把扶住，道：「看你，喝多了還逞強，這要是摔下去，還不破了相？」

鍾情心中忽生莫名之氣，拌嘴似的嗆了一句：「破了相更好，早早成了醜八怪，不知少了多少是非。」

張勝以為她說的是和徐海生的舊事，摸摸鼻子沒有吭聲。

鍾情強撐著走了一步，腳腕一痛，輕呼了一聲。

張勝忙問：「怎麼了，腳受傷了？」

「沒事，扭了一下，不嚴重。」

「來，我扶你吧，還有兩層呢。回去後泡泡熱水，活動開就好了。」

張勝不由分說，扶著她向上走去，鍾情下意識地扭動了兩下，最後還是乖乖地接受了他的好意。

扶她回了房間，張勝沒有關門，就那麼大開著，去洗浴間給鍾情打了半盆涼水，又摻了半瓶熱水，放下床邊笑著說：「來，把腳泡泡，活動開了就睡吧。」

鍾情見他大敞門戶，知道他是為了避嫌，心裏有點彆扭，可是張勝這麼做本沒有錯，她心裏雖覺不痛快，也不能說什麼，便賭氣地脫了鞋和襪子，把腳輕輕放進水裏。

玉掌清波，腳形纖美。在水中，一雙纖巧細膩、線條絕美的腳兒，其色白如脂玉，可以看見上邊淡淡的青色脈絡。張勝早知道她天生一雙美足，想不到入水之後更現標緻，愛美之心人皆有之，他不禁讚賞地盯了一眼。

鍾情早在注意他的眼神，張勝一看，她的腳趾便害羞地縮了一下。她覺得自己很沒用，在張勝面前總像個小女孩似的。

其實她每次去見張勝，都不止一次告誡自己要和他拉開距離，可是一見了他便沒了立場。就像今晚，在車上她還想著以後少跟他接觸，免得影響了他和小璐的感情，可是被他一看，便似被人抽去了骨頭，身上軟軟的不想動彈，不但想他看著自己美麗的部分，潛意識裏還希望他來摸一摸。

她咬咬唇，把心一橫，白了他一眼，嗔道：「行了，我泡一會兒腳就休息了，去看小璐吧，待在那兒做什麼，難道想幫我洗嗎？」

說著，她兩頰騰起一抹紅暈。

她坐在床頭，一雙美目從四十五度角仰視張勝，似嗔還羞，似喜還怨，那無邊風情實是文墨難以形容，不止是驚豔那麼簡單，嬌媚、性感都不貼切，估計這就是傳說中的「放電」，竟然讓人心生一種手腳酥軟的感覺。自古就有「一笑傾城」的說法，雖然有些誇大，但是張勝看了這樣動人的眼神，終於明白，至少「一眼勾魂」不算是人間傳說。

他不敢接招，訕訕一笑道：「好，那我走了，你好好休息。」

「喂！」

張勝剛剛走到門口，身後傳來鍾情一聲喚。

「怎麼？」張勝扭頭問道。

鍾情靜了一靜，「惡聲惡氣」地道：「下回不敢進我的屋，就別進來。我又不是老虎，看把你嚇的！給我把門關上！」

張勝來到小璐門前，四樓一向沒有男工上來，時日一久，女工們都隨意慣了，許多宿舍門都開著，女工們就穿著內衣襯褲坐在那兒盤著腿看電視。經過水房時，張勝還看到兩個女工背對著他正在晾衣服，乳罩內衣花褲衩，就像萬國旗一般，他不禁暗暗搖頭。

到了小璐房間，輕輕一推，房門沒鎖。張勝勾唇一笑，一下子閃了進去。

「嗨！」張勝打完招呼一愣，房間裏沒有人，床上扔著幾件衣服和小璐的包包，卻不見她的人影。

這時，浴室裏傳出嘩嘩的水聲，張勝這才恍然，小璐一定是打掃佈置新房，弄得一身是汗，剛剛回來就迫不及待地洗澡了。

他躡手躡腳地關好房門，鎖上，輕輕一擰浴室的門鎖，不料門卻是鎖起來的。張勝頓時泄了氣，他走回床邊，把衣服往旁邊撥了撥，斜躺在小璐的閨床上，掏出一支煙抽了起來。

一支煙抽完，小璐還沒洗完，嗅著枕頭上女人的那種淡淡幽香，張勝開始心猿意馬起來。

「小璐在洗澡，美人出浴，該是什麼樣子……」

張勝越想越是心動，下腹不禁躁熱起來，那條死蛇也蠢蠢欲動了。

他一躍而起，輕輕走到門口，側耳聽了聽，嘩嘩水聲中隱隱傳出小璐哼唱的歌聲。他捂著嘴輕咳一聲，清了清嗓子，然後「噹噹」地敲了敲門。

水聲中傳出小璐脆生生的聲音：「誰呀？」

張勝捏著嗓子，女聲女氣地說：「小璐，我是劉姐，沐浴乳借我用一下行嗎？」

「哦，劉姐，你等一下。」

花灑關了，小璐手裏拿著一瓶沐浴乳，笑盈盈地打開了門：「劉姐，你……啊！」

小璐一聲驚叫，馬上就要關門，張勝入眼就是一具熱氣騰騰曲線玲瓏的女體，小璐的頭髮和臉蛋上、身上都是濕漉漉的，看得他慾火陡起，立即伸出一隻腳抵住了房門，硬生生衝了進去。

小璐嚇得馬上丟掉浴液，雙手緊緊捂著胸部，因為雙手擠壓的緣故，原本就聳挺的胸部出現了一道深深的乳溝，如此美色，看得張勝差點流鼻血，待小璐驚覺下體赤裸裸的被他看在眼裏，慌忙的扯過一方毛巾去遮下體時，胸前蓓蕾乍現，那猶如玉碗倒扣的乳房堅挺結實，淡紅色的小小乳頭猶如堆雪盡頭放了一枚櫻桃，看得張勝一陣眩暈，下體騰地一下豎起了旗杆。

「你……你你……快出去！」小璐又羞又急，她慌慌張張地轉過身去，可是顧頭顧不了尾，那纖纖細細的腰、修長筆直的腿、翹翹圓圓的小屁股，毫無遮攔地呈現在張勝的面前。

張勝一步邁到小璐身後，身體貼上去，雙手緊緊環抱住她的小蠻腰，雙手顫抖地向上移去，摸向她的乳房，大口大口的粗氣噴在她的玉背上。

小璐被他的舉動嚇壞了，她驚慌間用手掰張勝的手，沒想到毛巾反而掉了下去，讓張勝的雙手從容地佔領了玉女峰，張勝軟玉在握，再也控制不住自己的慾火，一口吻在小璐的耳朵上。

「勝子，不要，求求你，不要啊……」小璐拚命的扭動起來，渾圓的臀部摩擦著他下體脈動著無窮力量的那個部位，傳來一陣又一陣的快感和衝動。

「小璐，我忍得好辛苦，給我，給我好不好？」

張勝喘著粗氣，把小璐推得靠牆站住，然後蠻橫地轉過了他的身子，從正面抱著她，吻到了她的櫻桃小嘴。當他費盡九牛二虎之力叩開小璐的玉齒，順利吻到她的香舌的時候，小璐終於放棄了抵抗，身體也似乎一下失去了平衡，要不是後背靠在浴磚上，腰肢有張勝摟著，她早就癱軟在地了。

享受著舌與舌交融帶來的奇妙快感，張勝的手趁機攀上了小璐那彈性驚人的玉峰，恣意把玩著。小璐根本沒有任何阻止動作，她已經逐漸迷失在熱吻所帶來的快感中，小嘴不時發出含混不清的呻吟聲。隨著張勝手上的挑逗，小璐嘴裏發出的呻吟聲越來越大，她嘴裏的呼吸也熱了起來，她的雙臂緊緊攬住張勝的脖子，把臉埋在他的懷裏，那喘息和呻吟，磨滅著張勝靈臺上的最後一絲清明。

如果他再溫存一陣兒，弄得小璐意亂情迷，全沒了主意，今天必定順利地從處男晉升為男人。可是，處女是最擅於打防禦戰的，而處男偏偏是不計犧牲，最喜歡打閃電攻堅戰的。

小璐的神志還沒有完全消失，張勝的手就向下移去，他的食指剛剛觸及那軟軟嫩嫩的部位，小璐一個激靈，突然清醒了過來。

「不要……」

小璐突然用手使勁地抓住張勝的手，哀求起來：「勝子，不要，不要在這裏……」

「好，我們……我們回房間……」，張勝喘息著說，鬆開手，想彎腰把她抱起來。

小璐趁機扯過浴巾，把自己的要害匆匆包了起來：「別，讓人家聽到，這兒大聲說句話，旁邊屋子都聽得到的，勝子，你別逼我好不好，求你了，如果你真心愛我，就讓我保留到嫁給你的那一天，在我們的新房，我們的婚床上，我再把自己交給你，好不好？」

小璐哀求著。

男人慾火上升的時候，是沒有道理可講的，何況張勝還喝了酒。他脹紅著臉，惱怒地說：「小璐，一個形式就那麼重要？我們馬上就要結婚了，下個月就去領結婚證了，現在和結婚後還有什麼區別？人家郭胖子和金豆嫂子認識半個月就上床了，你說，咱們處了多久了？」

小璐的雙眼迅速蒙上了一層霧氣，顫聲說：「我……我只是覺得，女人的第一次，應該在步入神聖的婚禮殿堂之後，才把它完完整整地交給自己的丈夫。我……我錯在哪兒了？」眼淚撲簌簌地落下來，她委曲地反問道：「是不是我現在不給你，就是不愛你，不信任你？你怎麼這麼自私，女人沒結婚就把自己交出去，是女人太隨便太不好，女人想為她愛的男人保留到成婚那一天，還是女人不好，你到底要我怎麼做？」

小璐這句話彷彿一盆冷水淋在張勝那顆火熱的心上，他抬頭看了看小璐，那眼神裏，滿是委曲和不平，張勝愣了一下，就像霜打的茄子，焉焉地說：「你……你洗澡吧，洗好了早點睡，我先回去了。」

張勝怏怏地走出浴室，把門關上，聽到裏邊陡然放大的委曲哭聲，一陣心煩意亂。他跺跺腳，快步走了出去。

下了樓，冷風迎面一吹，心中的煩燥之意稍稍去了些，張勝摸出一枝煙點上，沿著公司院內的邊道散起心來……

小璐匆匆洗淨了身子，穿好衣服眼圈紅紅地走出浴室。今晚佈置了幾個小時的新房，回來身上又酸又累，洗了澡之後更覺口渴難忍，她提起水壺，已經沒有熱水了，她便提起暖瓶向水房走去。

因為怕被人看到她剛哭過的樣子，小璐貼著牆邊走得飛快，腳下沒有一點聲音，走到水房門口，她恰巧聽到裏邊有人說話，因為話裏提到了張勝和她的名字，她一下子站住了腳，側耳傾聽著兩人的對話：

「那後來張總出來沒呢？」

「我哪知道啊，看了一眼我都後悔呢，要是讓張總發現，把我開除了，那我找誰哭去啊？」

「照我說，不能吧？小璐可就住在這棟樓裏，張總還能不避著點兒，就這麼堂而皇之地進鍾經理的屋？」

「你懂什麼呀，最危險的地方最安全。要不是親眼看到，我說張總女朋友就住這層樓，他就進了最外邊鍾經理的屋，你信嗎？再說了，張總和鍾經理的事也不是一天兩天了，張總為啥還把女友安排在這兒？就不怕她發現了？」

「那你說是為啥？」

「為啥？人家張總是有錢人，男人有了錢哪個心不花呀？小璐恐怕早就知道了，睜隻眼閉隻眼唄，反正她是大房，還怕鍾經理搶了她老公去不成？」

「唉！你說這叫什麼世道，這男人，真就沒個信得過的。要是我老公敢這樣，我大耳刮子搧不死他。」

「切，那是現在，如果你老公也像人家張總那麼有錢，你敢搧？一腳就把你蹬了，人家只要勾勾手指，多少漂亮女人搶著嫁他呀。」

「說的也是……你說這要是母系社會多好，我也養男人，二公、三公、四公……七公。」

另一個女人笑起來：「你說你，一個星期也不休一天呀？」

「哪兒呀，我有說一天一個嗎？高興了都得來服侍我，不喜歡的時候都給我滾得遠遠的。」

兩個女人吃吃地笑起來。

小璐在外邊聽著，一顆心忽悠一下沉到了谷底……

小璐回到房間，怔怔地發了半天呆，心裏不住地說服自己，應該是張勝赴宴回來，張勝送鍾情上樓，被她們誤會了，可這種安慰是那麼虛弱無力。她們說的以前是怎麼回事？再聯想起郭胖子那似是而非的話，小璐越來越不安，難道是自己拒絕了他，他就負氣去找鍾情了？

小璐想去鍾情那裏看看，可她實在沒有那個勇氣。一旦情況屬實，她該如何？被同樓的這些女工們知道了，以後如何抬臉見人？

過了許久，她跑到窗口，向主樓張勝的辦公室張望，那裏黑黑的，沒有一線燈光。小璐心中沉甸甸的，她鼓起勇氣，摸出手機給張勝打電話。手機關機，再打辦公室電話，也沒人接聽。

「為什麼？這世上還有一個男人信得過嗎？」

小璐坐在床頭，眼淚像斷了線的珠子，一顆顆地落下來，碎落在衣襟上，就像她破碎了的心……

第七章

心中的地位

小璐不懂，大多數女人都不懂。

女人一旦情緒化，很容易把問題上升到一定高度，

尤其是上升到愛與不愛的高度，

她自始至終關注的是你在不在乎她，她在你心中是什麼位置。

如果剛才張勝真的去喊鍾情，只怕小璐反而會拉住他的胳膊不許去，

對他的話也會信了八成。

但是現在，效果完全相反，張勝的話只能被她理解成心虛和搪塞。

張勝正在上樓，走一階，停一下，手裏舉著手機說話，那是手機妹妹打來的。

「好幾天沒打電話了，我就猜，應該會想我了吧。」面對這位從未謀面的知心朋友，張勝不想帶出自己不愉快的口氣，笑著開了句玩笑。

「切，少臭美了。這幾天陪我妹妹啊，誰有空理你。」

「你妹妹？」張勝忽地想起了她對自己說過的話，「對了，還沒謝謝你呢，幸虧你提醒得及時，我朋友的事沒惹下什麼麻煩。你妹妹怎麼樣了？」

「這丫頭是死心眼，我勸得都口乾舌燥了，她也不跟我說什麼，問多了又嫌我煩。算了，我爸幫她活動了一下，要讓她離開本地散散心去，時間會治癒一切的，慢慢會好的。」

張勝歎了口氣，感慨地說：「唉，情之一字折磨人啊！」

他摸出鑰匙，打開房門，燈也沒開，順勢倒在了長沙發上。

手機妹妹笑起來：「行了啊，你少裝情聖了。我妹妹這樣，就是被你們這些沒心沒肺的臭男人害的，還說風涼話。」

張勝苦笑道：「我哪有啊？說實話，我覺得……女人有時真的很可恨，讓人恨不得把她吊起來打，屁股打爛才開心。」

手機妹妹抗議道：「喂喂喂，你怎麼這樣說呢？打女人還算是男人嗎？」

張勝冷哼一聲：「你們女人就會這一套，平時高喊『男女平等』，等到覺得事情對女人不利了，又大叫『我是女人』。」

手機妹妹嘻嘻一笑，調皮地道：「那沒辦法，這就是女人的特權，有本事你也學呀，你也用這一招得噁心死別人。你為什麼覺得女人可恨啊，誰招你了？」

張勝解開領帶，順手扔在茶几上，有氣無力地道：「還能是誰，我女朋友啊。」

「她怎麼了？」

張勝出了陣神，才喃喃道：「我跟她……處了兩年多了。說實話，我現在也算是事業有成，可我挺尊重她，也支持她的事業、她的學業，從沒因為自己發達了，就覺得可以任意支配她。我這樣……應該算是不錯了吧？」

手機妹妹嘲笑道：「老王賣瓜，自賣自誇。女人本來就是獨立的，沒把人家當成你的附庸，就覺得是莫大的恩賜了？切，怎麼了，是不是覺得她沒有因為你的理解和支持而感恩圖報，心理有點不平衡了？」

張勝失笑道：「行呀，大律師，不愧是學過心理學。唉，不瞞你說，我現在一肚子火，覺得窩囊。」

「到底怎麼了？」

「我……我們相處兩年多了，現在都論及婚嫁了，今天晚上……她在洗澡，我喝了點酒，特別想她，結果……我也進了浴室……」

「然後呢？」

「然後？然後……被她指責了一頓，乖乖地滾出來了，當頭一盆冷水……我就搞不懂，她為什麼不答應？不相信我會娶她還是怎麼著，本來水到渠成、兩情相悅的事，結果……我又不便跟她發作。說實話，我從來沒跟她發過火，可今晚，她跟我大聲吵，我還無言以對，真是挺悶的。」

手機妹妹「噗哧」地一笑，說：「同志，如果你愛她，請別從身體開始。女人要是輕易獻身吧，男人覺得她隨便。女人不肯輕易獻身吧，男人覺得她不愛自己。說到底，這個界限該如何掌握，是由你們男人說了算？你覺得時機成熟了就是水到渠成，你覺得還言之過早就是她太隨便？女人需要婚姻來給她安全感，還沒結婚，你憑什麼這麼要求？」

張勝被她又訓了一通，惱火地道：「你知道嗎，事情不是你想像得那麼簡單，是不是真愛，是不是真心，彼此情侶之間，難道感覺不出來？一紙婚書能證明什麼？能保證什麼？問題專家，說得頭頭是道，你談過幾次戀愛了？」

「一次沒有。」

「怎麼會呢，難道是因為長得太醜？」

「切！」手機妹妹不服氣地解釋說：「我家家教太嚴，家裏我是老大，妹妹比較叛逆，家裏人就都覺得我該管似的，如果說男朋友……不知道上大學交過男朋友算不算。」

「處到什麼程度？」

「一起看電影啊，一起復習功課啊。」

「牽過手了？」

「牽過。」

「擁抱過嗎？」

「我想想，好像沒有。記得有一回吧，好像他要摟我的腰，被我打了一下，就沒勇氣再伸出來了，真沒膽子，廢人一個。其實他要是再敢伸出來，我也就讓他摟著了。」

張勝嘿嘿笑道：「那麼說，接吻肯定沒有啦？」

「廢話，借他兩個膽子也不敢，我的近衛軍足有一個加強連，捶不死他。」

「這倒楣傢伙，找你幹什麼啊？要是我，哼哼，你就是公主，我都懶得理你。」

「是啊，所以後來他去找肯讓他抱、肯讓他吻、肯陪他婚前上床的女人去了。這就是你們男人，口是心非！不過說到你，嘿嘿，你理我，我也得肯正眼看你呀。你還別說，前兩天我們這兒刑警大隊的大隊長約我吃飯，就我們兩人，找了一個特有情調的西餐廳，嘿嘿。」

「他想追你？」

「看他那意思……是吧。我不好撅他面子，陪他吃個飯，然後走人。」

「怎麼了，看不上他？」

「他有老婆！」

「哦……他是找情人？」

「不然那叫啥？」

「唉！我的那個她呀……」張勝發狠道，「她再這樣，我也找情人！」

「壞東西，不許再壞了！」

「我憋屈！」

手機妹妹不以為然地道：「憋屈就憋屈唄，女朋友這麼潔身自愛，你還滿腹怨言，都不知道你怎麼想的。你是男人嘛，胸懷寬廣一點。」

張勝苦笑一聲道：「男人，男人的胸懷都是讓委屈給撐大的。」

「嘖嘖嘖，瞧把你冤的。」

張勝悶哼一聲道：「小丫頭，我說真的呢，你不懂，真的很冤，你不瞭解。男人吧……

跟女人不一樣，男人的慾望被拒絕的時候，真的會有心理上的傷害，有種很深很深的挫敗感和受傷的感覺。就像火山馬上要爆發了，卻突然被壓回去，懂嗎？」

「哇！火山爆發？你也太誇張了吧！」

「就是……快爆炸的感覺，突然被硬生生地壓抑了回去。你不懂，男人……興致正高、快要爆炸的時候，突然被拒絕，不止是掃興，不止是心理很受傷，自尊心會感到很屈辱。你不是學心理學的嗎？怎麼一點不懂？」

「我學的是犯罪心理學啊，大哥！」

「我那不是正要實施『犯罪』嗎？」

手機妹妹嘻嘻地笑起來：「哈哈，爆炸，太誇張了你。」

張勝悶哼一聲：「小丫頭片子一個，說了你也不懂。」

「哎……」

張勝負氣沒理她。

「哎，跟你說話呢，答應一聲啊！」聲調柔媚了許多。

「答應你幹嗎，讓你繼續嘲笑我？」

「不是，我是說……你……還在想著犯罪嗎？」後邊的聲音越來越小，儘管不好意思，但她就像一個充滿好奇的小孩子，還是執意地把這句話問出來了。

張勝說：「什麼犯罪，早沒興趣了！」

「喂！」手機裏的聲音猛地提高了，帶著點威脅的味道。

張勝很無辜地說：「我當然要說不，我一回答，你該罵我流氓了。」

手機妹妹：「哈哈哈哈！」

張勝臉也有點紅，心跳得還有點快，握著手機兩眼茫然，已經消失的慾望被這個語音甜甜的小丫頭又勾起來了，那種蓬勃的力量正在他的身體內流動，這副模樣，怎麼睡覺？

問君能有幾多愁，恰似一江春水向東流……

男人不是鐵打的，潮去潮又來，身體吃不消啊……

第二天，張勝吃早飯的時候沒有看到小璐，心裏就有些不安。他坐立不安地在辦公室待了近兩個小時，中間財務室還來開過兩張支票，始終不見小璐的影子，他坐不住了，去財務室逛了一圈兒，見小璐正在核算著賬務，見了他進來，冷著臉也沒有理他，便乾咳一聲，主動說道：「小璐，你來我辦公室一下。」

「好的，董事長，我整理完這些票據就去。」小璐的聲音冷冰冰的。

張勝見其他人都用有些怪異的眼神看著他們這對似乎正在鬧情緒的情侶，尷尬地笑笑，先行退了出去。

一會兒，小璐趕到了他的辦公室，站在桌前。

張勝連忙跳起來，微笑著說：「小璐，今晚沒課，咱們抽空去市區把鑽戒買了吧。明天咱們就去登記，先把結婚證領回來，好嗎？」

小璐定定地看著他沒有說話，在她心裏，張勝突然的示弱和熱情，分明是心虛的表現，他昨夜……昨夜一定是睡在鍾情那裏。

想到這裏，小璐的心突然像針扎一般痛，臉色也蒼白起來。

張勝苦惱地蹙起眉，走過去按住她的肩膀，柔聲道：「怎麼了，還在生氣？我昨天喝了酒，一時衝動嘛。後來……還不是讓你一罵，就乖乖地走掉了。別生氣了好不好，算我不對，我這麼做是不尊重你，行了吧？我發誓，今後再也不會了。」

「你昨晚……離開後，去了哪裏？」

繞個彎子發問，永遠是女人的愛好。張勝被她問得莫名其妙，困惑地答道：「我回主樓睡覺去了呀。」

「我打你辦公室電話，沒人接。」

張勝想了想，說道：「是嗎？哦，昨晚離開你那兒之後，我在大院裏走了一會兒，散散心、醒醒酒，回去得比較晚，你打電話時我應該不在吧。」

「我打你手機，也沒人接。」

「哦，我手機沒有電了……」

小璐一把抄起他放在案頭的手機，舉向他，張勝無奈地攤手道：「這不今早上才充的電嗎？」

小璐的淚撲簌簌地落下來，哽咽道：「你……你還騙我，昨晚你去了鍾情的房間，是不是？」

「我哪有，你胡思亂想些什麼！」

小璐搖著頭落淚：「你騙我，你騙我，你把我當成什麼？」

張勝的肺都快氣炸了，他惱怒地道：「這是真的，我騙你做什麼？對了，我昨晚離開後還接了一個電話，聊了小半個小時，我找她證明，你等著。」

張勝從懷裏摸出另一部電話，迅速按了一個號碼。不料他的舉動落在小璐眼裏，懷疑的心思更濃了，張勝從來沒告訴過她，他有兩部一模一樣的手機。

打了一會兒手機，張勝無奈地放了下來：「對方已關機，她晚上應該會開機的，我到時打給你聽，讓她證明。」

小璐慘然一笑：「用得了一天嗎？十分鐘就夠了。十分鐘，你就能找出一百個朋友來證明你的清白，他們甚至可以證明昨天你就睡在他們家裏，很容易，不是嗎？」

「你……你怎麼變得如此不可理喻！」張勝氣得直哆嗦。

他不能理解小璐的情緒怎麼會瞬間風雲突變，根本不相信自己的解釋，變得如此固執。殊不知女人的思維總是跳躍性的，她感覺不對的時候，總能把一件事按自己的思路往上套，特別是感情方面，她們各個都是「推理家」，絕對能把自己的任何猜想推理成現實。

「我不可理喻？你……敢把鍾情叫來當面對質嗎？」

「我為什麼要叫她來？」

張勝像頭暴怒的雄獅，壓抑著聲音低吼道：「這是我們之間的事，癥結在於你對我的不信任，我為什麼要把一個無辜的旁人拉扯進來？那對人家公平嗎？鍾情曾經很不幸，你又不是不知道，把她拉進來，她還能在公司裏待著嗎？」

小璐淚眼迷離，抽泣著說：「你不敢，不捨得她受傷，是嗎？」

張勝惱怒地解釋：「你怎麼非要往這上面想？我不能把身邊的工作和社會關係都搞得一

團糟，不能把無辜的人拉扯進來，那樣做對人家很不公平，你懂不懂？」

小璐不懂，大多數女人都不懂。女人一旦情緒化，很容易把問題上升到一定高度，尤其是上升到愛與不愛的高度，她自始至終關注的是你在不在乎她，她在你心中是什麼位置。

如果剛才張勝真的去喊鍾情，只怕小璐反而會拉住他的胳膊不許去，對他的話也會信了八成。但是現在，效果完全相反，張勝的話只能被她理解成心虛和搪塞。

她含淚嚷道：「那你說，你要如何讓我相信你的話！」

「我什麼都沒有幹，為什麼要向你證明我的無辜？」

四目相對，猶疑、猜忌、憤怒、憂傷，摻雜在一起，屋子裏只有張勝隱隱的喘息之聲。

過了半晌，張勝狼狽地怒吼一聲：「如果你非要往別處想，就隨你便吧。」

「好！你是不需要向我證明！」小璐也大聲說，說完，轉身就走。

「站住！我跟家裏都說過了，今天下午去選婚戒，明天去領結婚證。」張勝大聲咆哮。

小璐頓起抵觸，抗議道：「要去你去，我不去！」

「下午等我，一起回城！」

「不去！」

「等我！」

小璐走到門口，扭過頭來，像個孩子般倔強：「我、不、去！」

「啪！」張勝抓起煙灰缸狠狠摔在地上。

「砰！」在同時，房門也重重地關上了。

小璐站在門外，委屈與酸楚的淚水順著蒼白的面頰滑下來。兒時的記憶裏，父母是很恩愛的，這讓她一直把婚姻看作一件很神聖的事。所以她一直盼望著能在那神聖的一刻，把自己完整地交付給心愛的人。不止是自己的人，還有自己的心。

她以為，那一刻，自己的愛人一定會滿心欣喜。可張勝先是對她用強，後又可能與人有染，這就像是一張純潔的白紙上，忽然印下了一點污漬。她很想無視這污漬的存在，可這污漬卻像是一條小毒蟲，吞噬著她的心。

小璐在心底痛苦地叫著：「爸爸、媽媽，告訴我，婚姻到底是什麼？我該怎麼做？」

從來沒有拌過嘴、吵過架的張勝和小璐，在彼此生活、工作在一起之後，終於爆發了他們之間的第一次爭執。張勝先是哄，哄著不解決問題，乾脆負氣不說話了，兩個人的冷戰持續了三天，就連鍾情也察覺了兩人之間的不對勁兒。

她在向張勝彙報工作的時候順口問起，張勝笑笑，淡淡地說了一句：「沒啥，婚前恐懼症而已。」

鍾情倒是聽說過這種事情，有的相識六七年，從來不吵架不拌嘴的情侶，結婚前夕也會變得異常焦慮，為了一張請柬怎麼印、新買的醬油灑了兩滴而大吵大鬧。鍾情對張勝的話信以為真，自告奮勇地道：「那我去勸勸她吧，開導一下，心情好了就沒事了。」

「別！」張勝連忙起身阻止。

鍾情回身看向他，張勝勉強笑了笑：「算了，小璐……表面上既乖巧又活潑，其實是個既內向又自閉的女孩子，有什麼心結，總得她自己想通了才成。算了，你不用管了，做好手上的事，我周日陪她回家吃飯，再好好談談就是了。」

鍾情看出他有些言不由衷，聰明地沒有多問，又狐疑地看了張勝一眼，點頭退了出去。

電話響了，張勝拿起來一聽，是老媽打來的。張勝在外邊忙事業，小璐一直在家替他盡著孝道，每逢週六周日，都會趕去探望老人、做做家務。現在弟弟張清夫婦已經結婚另過了，老人最需要的就是有晚輩在身前噓寒問暖，小璐就像一個孝順女兒，老兩口十分喜歡。

平時小璐就算工作太忙，實在抽不開工夫的時候，也會給他們打個電話，聊上一會兒天的。這幾天小璐電話仍然照打，但是老夫妻畢竟是過來人，漸漸從她的語氣中聽出似乎小倆口正在鬧彆扭，實在放心不下，於是給張勝打來了電話。

張勝被老媽一通嘮叨，聽得頭痛不已。他撫著腦門兒，陪著笑臉說兩人之間只是一點小摩擦，讓父母放心，並允諾周日帶小璐回去探望他們，一家人吃個團圓飯，這才哄得老太太撂了電話。

張勝仰面往椅子上一倒，兩條腿抬到了桌子上，閉著眼睛按摩眉心。正有一下沒一下地揉著眉心想著心事，手機突然又響了。

張勝閉著眼睛摸出手機放在耳朵上：「喂？」

電話裏沒人說話，只有輕輕的呼吸聲。張勝心中一動，莫非小璐要和解了？

他急忙收回雙腿，坐直了身子，輕輕地又問了一句：「喂？」

「勝……勝子……」

張勝脊背一僵，失聲道：「蘭子？」

「嗯！」

「蘭子……呵呵……好久不見，什麼事？」

「我想見見你，你今晚有空嗎？」

張勝下意識地看了看門口，壓低了聲音道：「我……我今晚有個應酬，打好了招呼的，不好缺席。」

手機裏靜了一會兒，但是張勝聽到隱隱的壓抑的啜泣聲，片刻之後，秦若蘭才用微帶抽噎的聲音說：「我……只想見你一面，陪我喝喝酒，勝子……我要出國了，離開這兒……」

張勝心中一沉，莫名的一陣傷感，過了許久，他才壓抑著自己的感情，輕輕問道：「幾點，什麼時候？」

「玫瑰路，夜來香酒吧，七點半。」

「好，我一定準時到。」

「喀嚓！」電話撂了。

張勝一陣失神……

張勝居住的這座城市比較搞笑，尤其是在城市建設方面，規劃者本著缺什麼補什麼的原則，起了一系列極具自嘲精神和反諷意味的地名。

比如小璐曾經險些落入小村一郎魔掌的彩虹路，霓虹燈遍地，是夜生活的中心；幸福街，則到處是住在小平房裏的失業職工；和平廣場，充斥著打架鬥毆的流氓；文明路，則遍地是色情洗頭房和洗浴中心；而玫瑰路，則一朵玫瑰也沒有。

玫瑰路兩旁和路中央的隔離帶早些年本來種了一些刺槐和楊樹，二十多年下來，長得鬱鬱蔥蔥，十分茂盛。後來不知哪位領導抽了瘋，一聲令下，把這些已經長成的參天大樹全都連根拔了，栽上了梧桐樹。

也不知那梧桐是養不活還是怎麼的，第二年開春，又全都連根拔了，又栽上了一排排木椿子，那是今年夏末時候的事，到現在也只有幾棵樹發了點零零星星的小芽。張勝的新房就在玫瑰路旁的玫瑰社區，經常路過那兒，他仔細觀察了許久，也沒認出來那到底是什麼樹。

玫瑰路上鮮花還是有的，今年夏天市裏爭創國家衛生城市，於是弄了許多黑色塑膠盆栽的鮮花，用鐵絲固定在道路兩旁的鐵柵欄上，剛剛弄上去的時候，一眼望去五顏六色，的確是賞心悅目。

如今到了秋天，花也落了，葉也凋零了，那些花盆還綁在那兒，風吹日曬，塑膠變脆，再被過路的孩子一番敲打，破破爛爛，一地泥土，要多難看有多難看，只是苦了環衛工人。

張勝趕到玫瑰路夜來香酒吧門口的時候，是六點五十，他站在門前路燈下，橘黃色的燈光照著他，身上一件軍綠色風衣在風中飛舞，看起來就像酒吧門口的一個保安，著實有幾個人來停車時要他指揮倒車。

一輛白色寶馬駛來，緩緩停在路旁，張勝隱約看到副駕駛上坐著的女孩酷似秦若蘭，他注目望去，車門打開，一條修長的腿緩緩地邁了出來，然後是彎腰走出的人。那是秦若蘭，她下了車，只瞥了張勝一眼，便轉身彎腰，又探進車子，對那開車的男人說了句什麼。

車門開時，車燈亮了，張勝看到，司機位置上坐著一個風度、氣度都堪稱上佳的中年人，他穿了一套乳白色西裝，顯得既英俊又精神。聽了秦若蘭的話，那人便點頭笑笑，然後深深地看了眼站在路燈下的張勝，發動車子離開了。

車子駛開，那路口就只剩下秦若蘭一個人了。她穿著一條柔軟的米色敞口褲，一件錦棉面料的小翻領白色休閒夾克衫，就那麼娉娉婷婷地站在那兒，帶著黑夜獨有的誘惑——細膩、神秘，有一種夜涼如水的感覺。

張勝站在路燈下，看不清她的眼神，但是卻又好像看清了她那雙憂傷的眼睛。張勝以前從未發覺一向豪放爽朗的秦若蘭，會如此質若幽蘭，會如此充滿女人味。

兩個人對面而立，片刻之後，秦若蘭舉步向他走來，她的步伐就像行走在夜色下的一隻貓般輕盈。

走近了，張勝發現她的衣衫上有一枝梅花，樹幹拙樸，一朵梅花傲然綻放，盛開在她胸口位置，此外，全無修飾。

「等了多久了？」秦若蘭淺笑如花，神色自然而從容。

「沒多久，我剛到。」張勝欠身笑笑，態度不卑不亢。

兩個人的態度都完美得無懈可擊，可是……偏偏讓人心裏充滿了怪異和生疏的感覺。

這句問候的話說完了，兩個人好像都已無話可說，於是又那麼對面而立。

過了好久，秦若蘭深深地吸了口氣，張勝眼看著她胸口的那朵梅花就像嫣然綻放似的慢慢舒展開，被她飽滿的酥胸撐得再無一絲褶痕，然後又悠然收攏，就像羞澀地閉合了一下。

「走吧，我定好了位子。」秦若蘭淺淺一笑，大大方方地走過來，很自然地挽住了他的胳膊，就像小鳥伊人的情侶，舉步向酒吧裏走。

張勝胳膊的肌肉僵硬了那麼片刻，然後又迅速放鬆下來，像個傀儡似的被她挽著，走進了燈光比星光更朦朧的酒吧。

「先生、小姐，請問你們喝點什麼？」一個侍應生站到了他們面前。

張勝解開衣扣，說道：「一杯『彩虹』。」

侍應又轉向秦若蘭，秦若蘭說：「四海為家。」

侍應生離開了，張勝這才細細打量若蘭，許久不見，她的臉色清透了許多，不過今晚的聚會她一定是精心打扮過了，那臉蛋兒薄施脂粉，顯得嬌嫩無比、吹彈欲破。

她也在端詳著張勝，那雙眸子水色玲瓏，淡淡神采，似有幽怨。她的鼻線柔軟而勻稱，端正而小巧，最好看的還是她的唇形，嬌豔欲滴，道不盡的嫵媚。

烏黑的秀髮剛剛經過悉心的修剪，弧線柔軟，自肩頭傾瀉而下正至胸口上方，髮絲看似略顯凌亂，其實最生姿色，人雖清瘦了幾分，不過卻更顯清麗可人。

「好好的，怎麼要出國？」這句蠢話剛問出來，張勝就恨得想給自己一嘴巴。

這時，侍應生端了酒上來，一杯「彩虹」擱在張勝面前，七層顏色，猶如雨後彩虹。秦若蘭輕輕地轉動著自己面前的那杯「四海為家」，看起來很輕鬆、很愉快：「其實我爸早就想給我辦出國，當時還小，爺爺不放心，不讓我走。現在……長大了，這裏待膩了，想出去見見世面。」

她舉舉杯，向張勝示意道：「來，喝酒。」

「四海為家」香甜中帶些苦味兒，呷在口裏，別有一番滋味在心頭。一向酒量甚豪的秦若蘭彷彿只喝了一口就有些醉了，臉頰驀然升起兩朵紅暈：「真是對不起，你的婚禮……我怕是沒有機會參加了。」

張勝心裏悸動了一下，他忽然意識到，秦若蘭要出國，其實目的只是為了避開他，離他舉辦婚禮的地方越遠越好。

這一刻，他心中一陣悲哀。他感覺到，今日一別，兩個人可能這一世都再無機會相見，他忽然衝動地握住秦若蘭的手，那手指清涼如玉。

「不要走，好不好？」

「不走……留下做什麼？」秦若蘭眼睛裏閃著幽幽的光，聲調幽幽地問，像是在問他，又像是在自問。

張勝一怔，那手慢慢地收了回來。

隨著他的手無力地縮回，秦若蘭的眼中閃過一片深深的痛楚，她忽然一仰頭，把那一杯「四海為家」一飲而盡。

秦若蘭打個響指，向侍應喊道：「來杯『地震』。」

「蘭子，別喝那麼急。」

「喂，我要走了耶。今天請你來，是請你陪我喝個痛快的，不是讓你看著我喝酒的。你也乾了。」

張勝無奈地一歎：「蘭子……」

「我沒求過你別的事吧？」

張勝無語，舉起杯來一飲而盡。

秦若蘭笑了，笑著說：「這才夠朋友，喂，兩杯『地震』！」

第八章

醉後的一個吻

當一個男人愛上一個女人時，他會去吻這個女人。

吻，不是單純為了尋求刺激，是因為深愛著這個女人。

男人做愛都可以很投入，但是唯有深愛一個女人時，才會吻得如此纏綿……

秦若蘭有種窒息般的幸福感，整個人都已飄飄欲仙，

她迷迷糊糊地想：「原來，吻和人工呼吸……真的如此不同啊……」

「地震」酒勁強烈，張勝根本喝不慣這口味，可是秦若蘭似乎對這酒情有獨鍾，他也只能硬著頭皮陪著一杯杯地喝下去，一邊喝著酒，一邊說著不著邊際的話，不知何時，兩個人都已有了幾分醉意。

「勝子，來，我……我提前……提前祝你……祝你新婚幸福，舉案齊眉、白頭偕老，乾！」

張勝握著杯沒有動，秦若蘭主動湊過來和他一碰杯，一飲而盡，然後斜著眼看他道：「不許耍賴，該你喝了。」

張勝舉杯把酒飲盡，嗆得咳嗽了幾聲，這才黯然道：「借你吉言吧，唉！她現在正和我冷戰呢，我一直覺得婚姻是件甜蜜的事，可是忽然……我也有了種畏怯的感覺。」

「冷戰？為什麼？」秦若蘭半伏著桌子，眼眸如絲。

張勝搖頭，再搖頭，忽地揚聲喊道：「老闆，再來兩杯。」

秦若蘭沒有逼問，她托著下巴，盯著自己的酒杯，一圈圈地轉著杯子，一臉若有所思。

兩個人都靜了下來，酒吧裏正迴響著陳淑樺的《流光飛舞》，憂傷而溫柔的曲調縈繞在他們耳邊：「半冷半暖秋天，熨貼在你身邊，靜靜看著流光飛舞。那風中一片片紅葉，惹心中一片綿綿……半醉半醒之間，再忍笑眼千千，就讓我像雲中飄雪，用冰清輕輕吻人臉，帶出一波一浪的纏綿。留人間多少愛，迎浮生千重變，跟有情人做快樂事，別問是劫是緣……」

秦若蘭忽然喃喃地說：「如果……我認識你比她更早一些，你會不會喜歡我？」

「什麼？」

「沒什麼，老闆，歌聲大一些，大一些。」

音響聲音調大了，秦若蘭悶頭喝了幾杯酒，然後舉杯站起來，搖搖晃晃地向張勝這邊走。

「地震」喝多了有種頭重腳輕的感覺，張勝坐在那兒都有點兒天旋地轉了，何況秦若蘭站著，他連忙扶住了她。

秦若蘭的身子柔軟得好像沒有一根骨頭，她搖搖晃晃地走到張勝身邊坐下，一隻手架在他的肩膀上，就像好哥們兒似的，嬉皮笑臉地說：「哎，你說，這愛情到底是個什麼東西？」

「愛情？愛情是……是……兩個真心相愛的人彼此心靈的契合吧。」

「哦！」秦若蘭翻了翻醉意朦朧的眼睛，搖搖頭道：「聽不懂，誰總結的？」

「不知道，書上看的，大概是什麼……愛……愛情專家。」

「磚家？磚家還不如叫獸呢，整天除了扯淡還是扯淡。我……只問你的感覺，你說，愛是永恆的嗎？」

歌聲還在響：「……像柳絲像春風，伴著你過春天，就讓你埋首煙波裏，放出心中一切狂熱，抱一身春雨綿綿……」

張勝咀嚼著歌曲的滋味，慢慢地說：「應該是吧……」

「是嗎？那為什麼……為什麼那麼多曾經愛得死去活來的人，後來勞燕分飛，各奔東西？」

「這……」張勝見周圍已經有人用好奇的眼光向他們望來，苦笑道：「也許……是因為愛就是一種感覺吧，有這種感覺的時候，人們相信它是永恆的，也願意為它生為它死，當這種感覺消失的時候……」

秦若蘭大笑：「那麼，它算什麼永恆？你說，愛是唯一的嗎？」

「……應該是吧！」

秦若蘭的小嘴都快湊到張勝嘴上了。張勝苦笑著把這個沒酒品的小醉鬼扶正了，她又軟軟地靠過來，呢喃道：「勝子，如果……如果你在她之前先遇到了我，你會不會愛我？」

張勝默然，秦若蘭一下子坐直了身子，驕傲地挺起了胸膛，不服氣地嚷道：「怎麼，我就那麼差勁？我……我今天特意打扮過，我不像個女人嗎？」

周圍已經有女孩捂著嘴偷笑起來，張勝硬著頭皮回答道：「……會！」

秦若蘭逼問了一句：「會什麼？」

張勝乾巴巴地道：「會愛你！」

秦若蘭得意地一笑，那黛眉眉尖兒一挑，何止是嫵媚，剎那簡直有股嬌媚之氣。

她巧笑嫣然地又靠過來，搭著他的肩膀，貼著他的耳朵，用一種近乎挑逗的語氣膩聲問：「那麼……你會不會像現在愛她一樣愛我呢？」

張勝沒敢出聲回答，只是重重地點了點頭。

秦若蘭得意地拍手笑道：「那麼就是說……愛情，也不是唯一的了？」

「你！」她一指張勝的鼻子，「如果先跟我結識，會愛上我！」

她又指著自己的鼻子，說：「現在你先遇上她，所以你愛上她。這說明……說明愛不是前世註定的緣分，也不是唯一的、永恆的選擇。這世上，彼此契合登對的情侶，其實有著很多很多可能的選擇，是不是？」

「是！」張勝現在只求她能住口，額頭上的汗都下來了。

秦若蘭癡癡地盯著他，喃喃地說：「那你……可不可以試著愛我？」

張勝嚇了一跳，秦若蘭不依地追問：「你說啊！」

張勝的目光落在眼前的兩杯酒上，一杯是「螺絲起子」，一杯是「B52轟炸機」。張勝把兩杯酒擺在一起，深沉地說：「蘭子，兩情相悅，是一杯好酒；心儀一方，也是一杯好酒。如果把兩個不合適的人硬放到一起，就壞了兩杯好酒。你說，如果把這杯『螺絲起子』和『轟炸機』混在一起，那成了什麼啦？」

秦若蘭默然、泫然。忽然，她一拍桌子，喝道：「老闆，拿個大杯來！」

侍應生們早就密切注意著這位醉得可愛的小女生了，她一聲令下，一個喝啤酒的大杯就馬上送到了面前。秦若蘭端起那杯「轟炸機」倒進大杯，然後又端起那杯「螺絲起子」，緩緩地往裏倒，兩杯酒混到了一起。

「你說成了什麼了？現在……它是一杯新酒，你怎麼就知道，這酒的味道不好喝，嗯？『螺絲起子』配『轟炸機』，我給它起個新名字，叫……叫『愛情機修師』，不錯吧？」

坐在近座的酒客和服務生哄堂大笑起來。

秦若蘭端起那杯「愛情機修師」，大口大口地喝著，喝了半杯之後，她把杯子重重一放，往張勝面前一推，說：「剩下的，你的！」

張勝稍一猶豫，秦若蘭的杏眼已經瞪了起來，他只好苦笑著端了起來，悄悄轉了個邊，有意避開了若蘭唇印沾過的地方。

角落裏，一個促狹的男人捏著假嗓用十分逼真的女人聲音，嬌滴滴地學起了潘金蓮大姐調戲武松時的經典台詞：「二叔，你若有意，便飲了這半杯殘酒。」

張勝在轟堂大笑聲中，紅著臉把這半杯酒喝得乾乾淨淨。

秦若蘭看著他笑，她眨眨眼睛，把眼裏的淚光眨去，可是還是有兩顆晶瑩的淚珠失敗地掛在了臉頰上，她便笑中帶淚地說：「老闆，拿兩扎酒杯來，我跟勝子喝『一條龍！』」

「一條龍」的喝法太刺激了，這個酒吧的年輕人還沒見過有人用這麼豪爽的方法鬥酒，一聽這話，所有的人都被吸引了過來，音樂聲調到了最小，大家都興奮地圍在周圍，張勝和秦若蘭成了今晚「夜來香」酒吧的主角。

秦若蘭和張勝看起來都醉得不輕了，現在又要「活吞一條龍」，這酒鬥得太凶了點，服務生怕出事，不敢擅作主張，都扭頭去看老闆。

張勝一把拉住秦若蘭，搖頭勸道：「不行，我都醉得不行了，你比我醉得更厲害，不能再喝了。」

「不，我要喝……」

「不行！」張勝對老闆擺擺手：「不要拿給她，她喝多了。」

秦若蘭不依地掙扎著，嘟囔地道：「我沒喝多，我還要喝！」

「我說不准！」張勝一使勁，把她扯了回來。

秦若蘭像蝴蝶似的撲在他的身上，仰起頭來看著他，嬌憨地說：「不……不喝也成，不喝……那你吻我。」

「什麼？」張勝雖說醉得厲害，但是神志還算清醒，一聽這話兩隻眼睛頓時瞪了起來。

秦若蘭一邊抓著他的衣服努力不讓自己倒下去，一邊說著委委曲曲的醉話：「我吻過你，你都沒有吻我。現在，我要你吻我，把我的吻還我！」

秦若蘭淚光泫然，說著可愛的醉話，那模樣真是人見人憐，圍觀者無論男女，感情的天秤立刻都傾向了這個可愛的女孩，他們紛紛鼓噪起來：「親啊！親啊！親啊！」

方才那個學口技裝潘金蓮的哥們忽然又維妙維肖地學起了夕陽武士的聲調：「我再怎麼說也是個夕陽武士，你叫我親我就親，那我的形象不是全毀了！」

不過這回他可沒有博個滿堂彩，所有人都在為馬上要發生的吻戲而興奮，根本沒有人理他。他的女友狠狠給了他一杵子，嗔道：「閉上你的臭嘴！」然後馬上踮起腳尖，揮舞著拳頭，亢奮地尖叫道：「親啊！親啊！」

酒吧老闆一看如此場面，突然大受啟發，如果能充分調動大家的情緒，大家今晚就會多喝酒，大家多喝酒，酒吧的生意就會好許多，一想到這兒，酒吧老闆趕緊撅著屁股在櫃子裏找起了《大話西遊》的結尾曲「一生所愛」。

張勝因為怕秦若蘭摔倒，一手抓著她的手臂，一手攬著她的腰，而秦若蘭則在盡力往他的懷裏靠，這樣的姿勢非常曖昧，他現在只要一低頭，就能迎上秦若蘭翹起的唇，可是他的脖子就像被千斤重力向後牽著，如何吻得下去。

「親？不親？」

意識像拔河一樣在他心裏掙扎，秦若蘭執拗地仰著頭，微微翹著嘴，孩子氣地堅持著。

「謝天謝地，音碟找到了，總算找得及時，此時不煽情更待何時？」酒吧老闆老闆鬆了口氣，急忙將音碟換上，調大了音量，音箱裏陡然傳出一陣大家熟悉而辛酸的對話：

男子：看來我不應該來！

女子：現在才知道太晚了！

男子：留下點回憶行不行？

女子：我不要回憶！要的話留下你的人！

男子：這樣只是得到我的肉體，並不能得到我的靈魂。我已經有愛人了，我們不會有結果，你讓我走吧！

女子：好！我讓你走，不過臨走前你要親我一下！

旁觀者：親啊！親啊！

男子：我再怎麼說也是個夕陽武士，你叫我親我就親，那我的形象不是全毀了！

女子：你說謊！你不敢親我因為你還喜歡我。我告訴你，如果這次你拒絕我的話，你會後悔一輩子的！

男子：後悔我也不會親！只能怪相逢恨晚，造物弄人了！

簡直就像是電影重現，酒吧裏的人全都笑了起來，只是……有些感性的女孩子不知為什麼，臉上笑著，眼裏卻閃動起淚光，秦若蘭的臉上更是緩緩淌下兩行熱淚。

「從前現在過去了再不來，紅紅落葉長埋塵土內，開始終結總是沒變改，天邊的你飄泊白雲外，苦海翻起愛浪，在世間難逃避命運，相親竟不可接近，或我應該相信是緣份，情人別後永遠再不來……」

《一生所愛》的歌聲響起，看客們彷彿都化身成為那電影裏的旁觀者，感同身受地慫慂著男女主角：「親她！親她！親她！」

無論男女，包括侍應生們都拍著手、跺著腳，彙集成整齊的聲浪，轟擊著張勝的耳膜，醉醺醺的秦若蘭好像根本沒有意識到自己提出了什麼樣的要求，她像個孩子似的，嘴角慢慢地勾起來，因為眾人的聲援而露出了得意的笑意，同時，她慢慢仰起頭，雙眼也緩緩閉上了。

或許是因為被歌聲所感動，或許是眾人齊聲的呼喊所影響，或許是醉意弱化了意志，又或是被秦若蘭眼中希冀哀求的光芒所吸引，張勝的頸子一寸一寸的，艱難地低了下去。

「噢！」酒吧裏齊聲歡呼，掌聲四起。

四唇相接，好像清醒過來似的秦若蘭一下子睜開了驚愕的眼睛，她先是下意識地做了個推搡的動作，然後在張勝的背部狠狠捶了兩拳，再然後，便像突然又陷入醉夢似的，緊緊環著他的脖子，貪婪地吸住了他的唇。

這一刻，她醉了，他也醉了……

音箱裏，傳來孫悟空對著酷似紫霞的女子說出的那句遲來的誓言：「我這輩子都不會走！我、愛、你！」

在這氛圍下，張勝也迷失了自己，原本只是應付性的一個吻，現在他已全身心地投入了進去。緊緊地擁著若蘭的身子，舌尖輕輕抹開她的櫻唇，輕輕頂開她的貝齒，和她的舌尖繚繞在一起。

只是一個吻，不管這個吻是激烈還是溫柔，也只是在嘴唇上抹過一絲痕跡。但是吻，又有那麼絕然不同的含義。一個男人可以想都不用想就去佔有一個女人的身體，刺激過後，那種虛脫般的感覺並不會讓男人的良心發現什麼。因為他想，這，只不過是男人和女人的互相需要。

但是人可以騙任何人，卻絕對騙不了自己。一個男人到底喜不喜歡那個女人，只有他自己心裏最清楚。當一個男人喜歡一個女人時，他會牽著她的小手帶她去散步，去看晚霞，會給她講好多好多好笑的故事，會很細心，而不是去應付，沒有不耐煩的情緒，心裏充滿的只有對女人的喜歡。

當一個男人愛上一個女人時，他會去吻這個女人。吻，不是單純為了尋求刺激，是因為深愛著這個女人。男人做愛都可以很投入，但是唯有深愛一個女人時，才會吻得如此纏綿……

秦若蘭有種窒息般的幸福感，整個人都已飄飄欲仙，她迷迷糊糊地想：「原來，吻和人工呼吸……真的如此不同啊……」

「喏，這邊是洗手間、餐廳、廚房、陽台，那邊就是客廳，裏邊有間書房……」

張勝扶著秦若蘭，秦若蘭卻覺得自己正在扶著他，兩個人東倒西歪、醉眼矇矓地看著新房佈局。

在酒吧一吻，稍稍清醒過來的秦若蘭大感羞澀，只能以酒遮羞，偏偏還有些人跑來湊趣敬酒，結果兩人喝得酩酊大醉。

出了酒吧，她還不想回家，張勝今天是自己開車出來的，大醉之下也不能開車了，本想叫輛計程車送若蘭回家的，可若蘭想起張勝的新居就在左近，便借著酒勁非要來看看，張勝便帶她來了。

「嗯，還……還是樓中樓呢，樓上是什麼房間？」

「右邊向陽的是臥室，左邊還沒佈置，嗨，房子買大了點，倒不知幹什麼用了。只有臥房的傢俱到了，大廳裏的傢俱都是訂製的，得下個月才能運到。來，我帶你上去看看。」

張勝扶著她，拉著樓梯一步步挪到樓上，已經氣喘吁吁了。

「啪！」一地一聲打開燈，一室通明。

這間屋子佈置得已經極具新房情調了，衣櫃、大床、床櫃、梳粧檯，清一色的義大利傢俱，水晶漆的床頭和梳粧檯一塵不染，床對面靠牆放著幾張大大小小的金邊框鏡，外邊都有包裝紙，那是張勝和小璐的結婚照，因為怕落了灰塵，現在還沒有打開掛上。

張勝一把扯開床上罩著遮灰的大床單，粉紅色的被褥鋪得平平整整，美觀大方。

「來，你先坐下！」張勝手一鬆，秦若蘭就一屁股坐在了床上。

「我……我去給你倒杯水，家裏沒……熱水，不過……自來水上安了淨水器的，能直接喝……」，張勝嘟囔著，搖搖晃晃地走出去。

二樓左右兩間房中間也有個洗手間，浴鏡是可以打開的，裏邊擺放著許多東西，包括兩排水杯。張勝拿出一個，自己先咕咚咕咚地喝了個痛快，然後又給秦若蘭接了一杯。

回到臥室一看，秦若蘭側臥在床上，臉貼著被子，手輕輕摸挲著光滑的被面，一臉若有所思。她的臉蛋緋紅，看來就像一個新婚的幸福新娘。

「來，起來喝酒……啊不，喝水！」

秦若蘭看了他一眼，格格地笑：「看你醉的，喝酒，喝酒，你家有酒嗎？」

「酒櫃買了，酒也訂了，不過……還沒送過來。」

「唔……」

「渴……渴了吧，起來喝口……水……」

「唔！」秦若蘭醉眼矇矓，含含糊糊地答應一聲，然後打了個迷人的呵欠，她蹬去腳上的鞋子，縮到床上，扭動著身子，找了個更舒服的睡姿。

「喂，你不要睡這裏啊，我送你回家吧。」

「唔……，好睏，真舒服。」

「我的二小姐，你不能睡這兒啊，孤男……寡女的，你不怕我半夜獸……獸性大發。」

「發啥？」秦若蘭睜開一隻眼，眼如媚絲，似輕蔑似挑釁地瞟了他一眼：「借你兩個膽子，你……你也得敢啊。」

張勝苦笑。

秦若蘭懶洋洋地翻了個身，閉著眼睛發出了建議：「你……拿個碗來，倒上水，擺咱倆中間，誰也不過界，清……如水，明……如鏡……」

「啊！」她忽然一睜眼，興奮地坐了起來：「這主意好，多浪漫，浪漫的回憶。」說著，她跳下床，赤著腳往洗手間走，一會兒搖搖晃晃地端了杯水來。

張勝苦笑道：「不是吧？床上軟軟的，會灑掉。」

秦若蘭東張西望一番，從窗台上拿過來一條裁下來的ＰＶＣ板，放在床中間，然後把杯子擺上去，呵呵笑道：「你看，這樣就行啦！」

她歪著頭想了想，轉身又跑了出去，一會兒拿托盤裝了七八個杯子，東一晃西一晃的閃了進來，好在那杯中都只盛了一半的水，還不至於灑掉。

她把水杯在PVC板上擺了長長一溜，欣賞了一下，然後往裏側一躺，像貓兒似的蜷起身子，唇角帶著笑意閉上了眼睛，嬌憨地命令道：「關燈！」

燈關了，張勝在床的另一邊小心地躺了下來，剛開始心還跳得像擂鼓，一會兒功夫睡意上來，沉重的眼皮漸漸合攏起來。

「挺好的吧？」秦若蘭喃喃地說：「這感覺，就像我以前和朋友去露營。」

「啊……啊……」，張勝打了個長長的哈欠：「好，挺好，我告訴你，我要是管不住自己，一翻身就過了水杯了，到時……你就……咬舌自盡吧。」

「好啊，」秦若蘭嬌憨地說：「可我……沒力氣了，你……你幫我咬好了。」

「行啊，你把舌頭……伸出來。」

「啊……」，秦若蘭就像是讓醫生看病似的，真的伸出了舌頭，頭還向前探了探。

張勝的臉上感覺到她的呼吸，突然一陣衝動，忽然一探身，攬住她的頸子，深深地吸住了她的舌頭。

又是一番纏綿的熱吻，當張勝克制不住自己的情欲，那手伸過去，想摸向她的乳尖的時候，秦若蘭卻縮回了頭，打個呵欠說：「好睏，睡……睡覺……了，晚安……」

說完她就一轉身，蜷著身子睡了，只把一個渾圓的屁股朝向他。

張勝怔了怔，暗自慶幸沒有做出更出格的事。

其實他現在醉的也不輕，時而清醒時而糊塗的，只是人在醉時，比較難以克制本能的欲望罷了。若蘭睡了，他也輕輕地躺下來，張著眼睛發了一會兒呆，然後慢慢進入了夢鄉。

不知什麼時候，張勝口渴難忍，忽然醒了過來，他摸摸頭，頭昏昏沉沉的，張勝呻吟一聲，向旁邊一看，忽然嚇了一跳，只見一個黑影坐在身旁，嘴裏還發出「咕嚕咕嚕」的聲音。

張勝急忙伸手打開壁燈，緋紅色的光立時曬滿一屋，燈下一張紅顏分外嬌嫩，秦若蘭正坐在那兒，她不知什麼時候把襪子也脫了，光著兩隻俏皮的小腳丫，盤膝大坐地在那兒正喝水。

張勝也坐了起來，迷迷瞪瞪地道：「你幹嘛呢？」

秦若蘭舌根發硬地說：「渴，喝水。」

張勝看看，她已經喝了四杯了，忙搶著道：「給我留點，我也渴。」

「不要，是我的水，不許搶！」

秦若蘭大發嬌嗔，兩個人搶著喝起水來，張勝睡前喝過了，沒有秦若蘭那麼渴，結果最後兩杯全都被她搶著喝了。張勝不滿地說：「跟豬似的，真能喝，你去倒水。」

「不去，你去倒！」

「你去！」

「你去！」

「我是男人！」

「我還是女人呢！」

「女人多什麼啊？」

「那男人多什麼啊？」

「嘿嘿，反正比你那麼一點東西。」

「流氓！我一刀閹了你，看你還多啥！」

秦若蘭羞紅著臉撲過來，把張勝撲倒在床上嬉鬧起來。

孤男寡女，午夜時分，一來二去三番四次之後，什麼矜持的作態，端正的風骨，借著燈紅酒殘滿心的春意，全都褪去了皮相，那對話便撩撥出了款款情意。

秦若蘭壓在張勝的身上，對他扮鬼臉：「不去拉倒，還想喝啊，我這有口水，你喝不喝？」

她吐出舌尖，調皮地向張勝晃著腦袋。

乾柴怎耐烈火引，張勝心中一熱，忽然緊緊摟著她的腰，一翻身把她壓在身上，然後便吻了上去。

兩人擁吻片刻，秦若蘭喘息漸起，開始傾情回應。那雙小手攬住了張勝的頸子，素手在他的後腦、後頸、後背處胡亂地摸索著，張勝早將她的衣扣解開，舌在雪頸間流浪，貪戀她那肩胛鎖骨的風情。

秦若蘭仰著頭，任他炙熱的唇流連在自己的唇腮眉眼，微翹的足尖輕輕地顫動。那塊PVC板，先是在他們的重壓下發出一聲悲慘的呻吟，然後便被一隻手抽出來扔到了地上。是誰的手，已經不重要了……

清晨，張勝被一陣癢癢的撩撥弄醒了，一睜眼，只見秦若蘭趴在身邊，正用頭髮輕輕地撩撥著他，眉也含春，眼也帶笑，那模樣，說不出的嬌俏。

張勝怵然一驚，昨夜的一切忽然湧上了心頭。

他不是這才剛剛想起昨晚發生了什麼，藉口酒醉說自己一晚做了什麼全然無知，不過是自欺欺人的謊話。他當然記得起昨晚發生的一切，只是只有這一刻酒醒了，他才想得起做這些事的後果。

秦若蘭穿著貼身T恤，一手托著下巴看著他，含情脈脈，溫柔楚楚。

張勝臉色變了，吃吃地道：「我……我們……昨晚……」

秦若蘭俏生生地打斷道：「我們昨晚喝醉了！」

「哦，我知道，我是說……我們昨晚……」

「不陪你吃早餐了，我走了！」

秦若蘭再一次打斷他的話，湊過來在正在發愣的張勝唇上輕輕一吻，然後退到床邊，站起了身子。

張勝看到她拿起外套，那潔白的衣裳上，在梅花的旁邊，多了一朵怒綻的「梅花」。

「蘭子……」張勝不安地叫。

秦若蘭臉紅紅地把衣服卷起來，舒了口氣，深深地凝視了張勝一眼，說：「我走了。」

張勝的衣服丟得亂七八糟，此刻還赤裸著身子，實在沒有勇氣起身，他只能結結巴巴地說：「蘭子，我們兩個昨天夜裏做……做……」

秦若蘭紅著臉捂住耳朵，跺腳嗔道：「說什麼呀你，不聽不聽，王八念經。」

張勝苦笑道：「蘭子，我們總不能裝作什麼都沒發生吧？」

秦若蘭紅了臉蛋，豔若石榴，便是那眉梢眼角此刻都帶著一抹嫣紅，紅得嫵媚：「討厭，有些事非得要說出來嗎？你再說，你再說我就裝死給你看！」

張勝愕然：「就這樣？」

秦若蘭凶巴巴地道：「不這樣還怎樣？大家都是成年人，要為自己的行為負責，我告訴你，我不會對你負責的喔！」

張勝啞口無言，眼睜睜地看著她走出房間，默默地聽著她「咚咚」地跑下樓去，穿鞋、開門、走出去……

秦若蘭一關上房門，強裝出的笑臉便消失了，她無力地倚在門上，眼淚不爭氣地溢了出來。剛剛哽咽了兩聲，樓上傳出有人開門的聲音，秦若蘭連忙捂住嘴，「蹬蹬蹬」地跑下樓去。

張勝坐在床上怔了半天，才僵硬地扭頭向梳粧檯上看去，他不敢看床對面放著的那些鏡框，那裏面是他和小璐的相片，他怕看到那些東西。

梳粧檯上，放著八九個水杯，晶瑩剔透，閃著亮光。

張勝撩開被子，慢慢下了地，拿起一個水杯，失魂落魄地走到洗手間去。他接了杯水，大口大口地喝，喝了半杯之後，把剩下的半杯水「嘩嘩」地澆在頭上。

「砰！」重重一拳擂在大理石台面上，張勝瞪著鏡子裏一臉是水狼狽不堪的自己，狠狠罵了一句：「張勝，你真混啊！」

「金風玉露一相逢，便勝卻人間無數！和自己心愛的男人有過一次，留下最美滿最幸福的一刻做為一生的回味也就夠了，已經搶了人家老公的第一次，若蘭啊若蘭，你還要怎麼樣？別想太多了……」

秦若蘭一路走一路想，想得淚如泉湧。

衝出大樓時，秋風正起，那迷離的淚眼，好似風沙迷了她的雙眼……

第九章

婚姻的門檻

「進了這道門，咱們就是夫妻了。

可是我忽然想知道，我不想揣著糊塗走進去……

勝子，你告訴我……你是不是有其他的女人？」

張勝衝口想說沒有，

可是一迎上小璐那雙澄澈的眸子，到了嘴邊的話卻怎麼也說不出來。

「你如果沒有，那就走上去，我相信你！我跟你進去！」

小璐說得堅決，張勝的腿卻像灌了鉛，

那矮矮的一級石階，怎麼也無法踏得上去。

張勝回到夜來香酒吧門前取了車開回公司，到了公司不遠的地方，他停下來吸了幾支煙，這才鼓起勇氣繼續前行。

如果說此前他與小璐爭吵還有些憤懣惱火的話，現在卻是心虛無比了。他現在怕見小璐，而秦若蘭也不是一個隨便的女孩，她把自己奉獻給了他，令得張勝心裏沉甸甸的，可是他實在不知該如何面對。

沒有愛侶時，朝思暮想的就是有個理想的女友，真的有了女孩子青睞時，一下就是兩個，而且偏偏和其中不該有關係的那個女孩發生了關係，弄得張勝茫然無措了。

人啊，越是執著於緣分，越容易迷失，到最後搞不清想要什麼，混淆了誰是誰。

每個男人心中都渴望成功，以此縱橫四海，睥睨群芳，恨不得征服天下所有佳麗。但是與此同時，每個男人心中都有一個夢想，夢想有一個女孩，純粹地為了他本人，無關乎他的地位、金錢與名聲，和他兩情相悅，簡簡單單地並肩、牽手，一路而行。

在他的心中，小璐大概就代表著他的夢想，而若蘭則代表著他的野心，人的慾望無窮無盡，於是苦惱便也接踵而來。知足常樂，知易行難，談何容易啊，他能做到像有些有錢人那樣，坦然享受齊人之福嗎？

不能，人的蛻變有個量的積累，至少在現在的張勝心中，是無法接受這種理念的，他認為那是對婚姻的一種褻瀆。何況，即便他肯，小璐和若蘭也不肯，不是因為物質而跟了男人的女人，怎肯受這種委屈？若蘭就不用說了，單說小璐，她很窮，窮得一無所有，但是她有自尊，而且比別的女孩尤為強烈。

如果被小璐知道自己昨晚的出軌……

張勝想到這裏，心中一寒。

人越怕什麼，越遇見什麼。張勝這些天總想遇見小璐，可小璐總躲著他。今天張勝心中發虛，本想避著小璐，偏偏他剛剛走進辦公大樓，小璐就提著個文件袋迎面走來，想裝著沒看見都不成。

「小璐！」張勝牽牽嘴角，勉強擠出一個笑容。

「張總！」很官方的回答，讓張勝不期然想起了昨夜與秦若蘭初見時的情形。

「她……真的要出國嗎？」張勝心中一酸。他匆匆收斂了心神，沒話找話地說：「要出去？」

「嗯，開發區管委會打電話來，說要上報一批區屬先進企業的資料，讓我們把開業以來的招商引資、生產經營情況寫一份資料報去，再附一份營業執照影印件，以備需要。」

「哦，那你去吧。」

「好！」小璐抱著文件袋與他走了個並肩，忽然站住了腳步：「你……昨晚沒回來？」

「呵，是啊，沒回來。」張勝頭也不敢回，努力平穩著聲調：「跟哨子他們幾個喝了半宿的酒，醉了，開不了車，讓他們弄回家湊合了一宿。」

小璐柳眉微微一蹙：「以後少喝點酒吧，酒不是個好東西，他們才二十出頭，別跟他們拚身子。」

「啊！哦哦，是，唉！應酬還不就是那回事，酒不是喝的，是用灌的，再說……我心裏悶……」

小璐眼裏閃過一絲歉然，輕輕地說：「你回去歇著吧，泡壺茶，上午要沒啥事，抽空休息一下。」

「嗯！」眼角餘光注意到小璐向樓梯下走去，張勝暗暗舒了口氣。

「賈主任，您好。」

小璐敲門而入，禮貌地跟賈古文打招呼。

「哦，請進，請進。你是？」

「我是寶元匯金公司財務部的，我叫鄭小璐。賈主任，這是您要的資料。」

「鄭小璐？」賈古文心中一動，這不就是楚文樓說的那個張勝的女朋友？細細一打量，笑臉甜甜，頰上還有兩個小酒窩，張勝這小子豔福還真是不淺。

他哈哈一笑，忙熱情地道：「哦，原來是寶元匯金的。鄭小姐，請坐請坐，來來，喝水。」

他拿了個免洗水杯給小璐接了杯水，小璐道謝接過。賈古文坐回椅上，打開文件袋，一邊翻著影印的那摞文件，一邊熱情地說：「我跟你們寶元老總很熟啊，張勝是吧？呵呵，那是老朋友了。」

小璐一雙眼睛彎成了月牙了，雖說心裏嘔著氣，可自己男朋友的朋友，見了總得熱情一些，再說人家是區裏的幹部，小璐當然也希望張勝結識的有本事的朋友越多越好。

小璐抿嘴一笑，說：「哦，原來賈主任跟我們老總認識啊，我到公司還不到半個月，沒見過您。希望您有空的時候多去我們公司走走，我們公司發展得紅火，這裏面少不了您們開發區領導的支持呢。」

賈古文連連擺手道：「哈哈哈，客氣了，客氣了。扶持企業發展是我們應該做的事，可是匯金公司的大門我輕易可不敢登啊，張總為人熱情實誠，這是沒話說的，可是一旦去了，他就要應酬，影響他的工作不是？再說，我畢竟是國家幹部，要注意影響，那洗浴城、夜總會一類的地方，我怎麼能去呢？不去盛情難卻，去了違反規定，哈哈，君子之交淡淡如水，現在這樣挺好，挺好……」

洗浴城……夜總會……小璐心裏「咯噔」一下，勝子經常應酬，都是去這種地方？她跟著關廠長出去應酬的時候，但凡正當的應酬，才會叫上她或者其他單位女職工；一旦去的場所有情色服務，廠長秘書就不會通知她們隨行，這在廠裏早就是心照不宣的事了。

「嗯，好，資料挺全的。好好，就這樣吧，放在我這兒就行了。」賈古文從楚文樓那兒已經聽說了他們要成親的事，存心噁心她一下而已，想著兩口子要是天天吵架，他也能樂上半天。他是政府官員，只能點到為止，話說到這份兒上已經夠了，如今目的達到，便下起了逐客令。

「好，賈主任，那我走了。」鄭小璐跟賈古文握握手，心事重重地走了出去。

勝子常去那種地方嗎？男人到了那種地方，還能不……想想張勝跟那些歡場女子翻雲覆雨的情形，小璐的心裏就像吃了一隻蒼蠅。

賈古文翻著寶元匯金公司的營業執照，盯著註冊資金一欄冷冷地看了半天，手指輕輕點著那行數字，嘴角露出一絲玩味的笑容：「嘿！張勝啊張勝，秋後的螞蚱，我看你還能蹦多高！」

張勝總覺得自己對秦若蘭欠一個交代，可他又不知該如何給她一個交代。不止一次，他拿起了電話，又無奈地放下，最終仍不免做了那掩耳盜鈴之輩，自欺欺人一番罷了。

小璐的心結始終鬱鬱在心，不過正如手機妹妹所言，任何創痕都會在時間的撫慰下漸漸平復，至少那痛楚不會永遠那麼深刻。如今，張勝有意識地和鍾情拉開了距離，工作還是一起工作，但是很注意不做出什麼招人閒話的舉動，同時，對小璐的關心也比以前多得多。

「十一」的時候，傢俱都運到了，兩個人花了兩天時間把新居佈置妥當，然後又接上父母和弟弟一家去植物園玩了個痛快，彼此的關係在雙方都有意修復的意思下慢慢緩和下來。

這天，又是星期日，張勝帶著小璐到市內最大的珠寶中心挑選了婚戒，然後手捧著一束鮮豔的玫瑰獻給她，小璐常顯憂鬱的臉上第一次露出了完全放鬆的歡笑。

「玫瑰花，你的；鑽戒，你的；你，我的！」張勝把鮮花和鑽戒都遞給她，然後擁著她，在她耳邊低語：「嫁給我，好不好？」

小璐含羞地低下了頭，微不可見地點了點頭。

小璐發自內心的幸福微笑也感染了張勝，兩個人好像又回到了從前。他們手捧著玫瑰，一同來到了民政局婚姻登記處，準備把結婚證領回來。

下了車站在門口，望著婚姻登記處那塊普普通通的牌子，張勝也放下了所有的心事。不管如何，從這裏走進去，再走出來時，自己就已為人夫了，過去的事，就讓它過去吧，因為責任，只能捨棄。

「老婆，走進去，你就是我貨真價實的老婆了。」張勝一臉幸福地對小璐說。

「勝子……」

「嗯？」

「我……我心跳得厲害，特別緊張。」

張勝呵呵地笑，伸出胳膊，說：「來，挎著我，我給你勇氣。」

小璐欣然一笑，大大方方地挎住了他的胳膊，兩人像步入神聖的婚禮殿堂似的，向登記處走去。

手機響了，張勝順手摸出來：「喂？」

「張哥，我是浩升。」電話裏傳出熟悉的聲音。

「哦，浩升啊，什麼事？」

「我二表姐要去英國的事你聽說過麼？」

張勝的脊背下意識地一僵，正挽著他胳膊的小璐馬上感覺到了，女人的直覺使她馬上意識到，這通電話必定和女人有關。

「她啊？哦哦哦，我聽說了，什麼時候走，怎麼了？」

「你聽說過啊，我表姐跟你說的吧？我正想問呢，你知道她是啥毛病不？她老爸托關係走門子把手續都給辦好了，她突然又說不去了，把我姑父氣得夠嗆。她那性子，拗起來像牛，啥理由沒有，就一句話『不去了』！你說氣人不？」

張勝有點心虛地放開小璐的手，對她笑笑說：「是李浩升，我朋友，等我一下，我接個電話。」

他轉到旁邊自行車停車處，安慰說：「她那性子，本來就像個小孩子，要說呢，不去就不去了吧。」

李浩升在電話裏說：「不去沒關係呀，當初是她張羅要走的，催得還急，姑父使盡渾身解數，才能在這麼短的時間裏給她辦下來。工作也辭了，結果人家姑奶奶一句話，又不去了。換誰不火啊，你不去倒是說個理由啊，啥理由沒有，就是不去了，把人氣得……」

說到這兒，他壓低了嗓門兒說：「昨天她跟姑父吵得太凶，讓我給拉回家來了，現在裏屋睡覺呢。我合計，朋友裏頭就你的話她比較聽，你抽空開導開導她怎麼樣？」

「哦，哦哦，好啊，行行，我現在正有事。」張勝瞟了小璐一眼，她站在台階下，正緊緊地盯著他，張勝的眼神立刻飄開了：「這樣吧，我大概……大概兩三個小時之後過去。」

「行行行。張哥，這位姑奶奶就拜託你……」

剛說到這兒，電話裏突然傳出秦若蘭的聲音：「李浩升，你跟誰講話呢？」

「壞了！」李浩升一聲驚叫，電話掛斷了。

「勝子，誰來的電話，什麼事呀？」

「嗨，就是生意上的事。不管它，走，咱們進去吧。」

小璐沒有動，定定地看著他：「勝子……」

「嗯？」

「跨進這道門，我們就是夫妻了。」

「對呀，怎麼？婚前恐懼了？呵呵……」

「進了這道門，咱們就是夫妻了。可是我忽然想知道，我不想揣著糊塗走進去……勝子，你告訴我……你是不是有其他的女人？」

張勝銜口想說沒有，可是一迎上小璐那雙澄澈的眸子，到了嘴邊的話卻怎麼也說不出來。

「你如果沒有，那就走上去，我相信你！我跟你進去！」

小璐說得堅決，張勝的腿卻像灌了鉛，那矮矮的一級石階，怎麼也無法踏得上去。

小璐的眼中漸漸淚光瑩然，她的擔心果然不幸成了事實，懷著最後一絲僥倖，她哽咽著問：「什麼時候的事？」

小璐心裏想：如果是不認識自己以前，或者沒有論及婚嫁以前，那就算了吧。

這個世界，畢竟是屬於男人的，所以男人對女人的失貞，一次也無法容忍，哪怕是被迫也無法容忍，而女性對男性的花心，卻抱著相對的寬容。

「上、上個……月……」張勝額上緩緩淌下一滴冷汗。

「上個月?!」小璐驚愕得連憤怒都忘記了，「你說上個月？」

「是！」張勝垂下了頭，「兩周前，那天……我喝醉了，我本來也不想……可是，情不自禁……」

他一抬頭，只見小璐已轉身朝大門走去，急忙追過去叫：「小璐，你聽我解釋啊……」

小璐猛地轉身，停步，慘笑：「解釋，你還要跟我解釋什麼？」

「小璐，不是你想的那樣，我沒有那麼隨便，那天晚上……」張勝一邊說一邊追過去。

小璐把手裏緊緊攥著的玫瑰花擲在地上，從口袋裏掏出鑽戒盒子往張勝手裏一塞，含淚道：「張總，你別騙我了，成不成？」

張勝發急道：「小璐，我真的……」

「放開我！」

張勝心中一寒，下意識地鬆開手，眼睜睜地看著小璐離開，連阻止的勇氣都沒有。

「怎麼辦……該怎麼辦？小璐外表柔弱，其實性烈如鋼，她認定了的事，很難再回頭。我要怎麼勸她才能回心轉意？」

張勝失魂落魄地走了幾步，坐在人行道上，只覺自己的思緒全都亂了，東一下西一下半天也沒理出個頭緒，只好回到車上，漫無目的地在城裏轉了半天，煩躁的情緒剛剛舒解了一些，手機又響了起來，鍾情在手機裏問：「張總，你在哪裏？」

「什麼事？」

「今天你不是和小璐去登記結婚嗎？發生了什麼事，為什麼她自己匆匆趕回來，然後收拾東西要離開？」

「什麼？」張勝大吃一驚，「你攔住她，別讓她走，我馬上趕回去。」

鍾情冷靜地說：「你放心，我一發現，就把她攔住了，現在正讓人看著她，你馬上回來，她還在宿舍。」

「好！」張勝撂下電話，一撥方向盤轉向了回公司的路。

張勝一下車，把鑰匙丟給保安，喊了句「幫我停好」，就匆匆向職工宿舍樓奔去。跑到女工宿舍小璐的房間，鍾情正候在外面，見他來了，向他打了個手勢便轉身進了屋。張勝衝進去的時候，鍾情和幾個住在公司的女工正魚貫而出，給他們留出了私人空間。

房門一關，屋子裏頓時靜了下來。

張勝向床上一看，只見被單上整整齊齊地放著一摞衣服，最上邊是他買給小璐的幾件首飾和手機。小璐穿著白襯衫、牛仔褲，清湯掛麵頭，素髮披肩地坐在床頭，身邊放著一個草綠色帆布包。

張勝呼地喘了口粗氣，無奈地道：「小璐，我承認，我做過對不起你的事，但是有一條我沒有騙你。我愛你，是真的愛你，我是誠心誠意要和你過一輩子的，你原諒我好不好？」

「其實你不用對我低聲下氣的，也談不上要我原諒你。」小璐淒然一笑，那笑容裏有一種絕望的驚豔，如同一現的曇花：「剛才，公司裏的大姐們勸了我好多好多，說了好多要我想開的話，我現在……真的已經想通了。這不是你的錯，這個世界就是這樣的：你有一百萬，你就可以讓時空倒流，回到三妻四妾的世界；你有一千萬，你就可以創造一個一夫一妻是可恥的新觀念；如果你有一個億，那麼你找許多女人，即便不能被說成高尚的，至少它也是天經地義、理所當然的，這不是你的錯……」

「小璐，我……」

鄭小璐吸吸鼻子，努力擠出一個笑容：「可是……張總，這是你們這些有錢人的遊戲，我玩不起。小璐是個孤苦無依的女孩，是個窮得一無所有的人。她沒身分、沒背景，什麼資本都沒有，她唯一擁有的，就只剩下她自己了，她不想……擔驚受怕地過日子。」

小璐站起來，提起了帆布包。

張勝徒勞地還想攔住她，小璐站在他面前，面無表情，雙眼下垂，長長的眼睫毛遮住了她含淚的眼睛：「放過我吧，求你……」

張勝伸出的手僵在那兒，半晌，無力地向下落去。

小璐提著帆布包，從他身邊無聲無息地走過去，隨著開門、關門的聲音，張勝的心也是一緊、一沉。

片刻之後，鍾情走了進來：「你怎麼讓她走了？」

張勝搖搖頭，慢慢走到床邊，坐下，疲憊地歎了口氣，手撫著額頭重重地擔在膝蓋上。身邊，是他為小璐置辦的各式衣物首飾，都被小璐疊得整整齊齊地留下了。

那只紫金鐲子，是小璐最喜歡的一件首飾，小璐曾笑說要戴著參加婚禮的，如今也靜靜地躺在被單上，散發出幽冷的光，彷彿小璐臨去時含淚的眼神。

「她，就這麼去了……」張勝一念及此，心中忽然有一種痛，一種怕錯過了便永遠失之交臂的焦灼讓他的心揪了起來。

張勝陷入了深深的自責和痛悔之中。

凡夫俗子，無不經受著飲食男女的誘惑，人一旦發達，這種誘惑的機會更是無所不在、無處不在。張勝也不是一介聖人，但是直到目前為止，在他心裏看得最重的，仍然是一份情，紅塵伴老、死生契闊的真情。

正因為如此，他明白小璐心中那份深深的痛，正因為他明白，所以他沒有勇氣去阻止。第一次戀愛的失敗，已經在小璐的心裏刻下了疼痛的印記。

小璐需要一個能給她安全感的男人，一個能伴她一生一世的男人。現在任他說得天花亂墜，怎能讓小璐相信，他就是那個讓她放心交出自己的人？

「給我點時間，我總能想出辦法的，我得把她找回來。」張勝在心裏暗暗下著決心。

鍾情站在一旁，張了張嘴，終究沒說出一句安慰的話，只是輕輕地歎了口氣。

「他……居然在外面有情人？怎麼看都不像……不過說起來，小璐始終是小家碧玉，雖然既可愛又純潔，但是隨著他的視野越來越寬，兩個人的差距終究是越來越大。」

「撇開身分、地位的差距不談，心理和見識層次的高低，同樣令他們之間的差距越來越大，隨著這差距變大，兩人處理日常問題的看法和生活習慣都會漸漸拉開距離，就算張勝沒有外遇，岩頂松和幽蘭草想要舉案齊眉，恐怕也是……」

她正胡思亂想時，手機突然響起來，鍾情忙掏出電話輕聲問了一句：「喂，哪位？哦……大炮啊，現在過來看看？這……我們張總……正有事，改天吧，好嗎？」

「是羅大炮？」張勝抬起頭問道。

「是！他說想來看看咱們批發市場。」鍾情捂著手機回答。

「那就請他過來吧。」張勝站起身。

「可是……你現在……」

張勝強笑一聲，說：「我沒事，男人，不會讓感情壓垮，請他過來吧，我陪他參觀。」

鍾情猶豫了一下，勉強地點頭，然後又舉起了電話……

痛定思痛，張勝反思了自己過往的行為，他怵然發現，當小璐懷疑他和鍾情有私情時，他覺得冤枉、憤懣，然則實際上，小璐並沒有冤枉他。

他和鍾情之間雖然沒有真的發生過什麼，但是他平常過於曖昧的接觸根本不是不拘小節，他的潛意識裏正是因為享受這種與一個風情萬千的美女保持曖昧感覺的樂趣，所以才樂此不疲。

他行動上沒有出軌，但是思想上，他在享受和另一個女人偷情般的快感。

還有秦若蘭，即便沒有那晚發生的事，秦若蘭對他的好感，他就一無所知嗎？他只是自欺欺人地把它理解成一種純粹的友誼罷了。

小璐曾經說過的這句話，讓他反覆想了很久，在他還是一個失業者時，能夠追到小璐，他在心裏真誠地感謝上蒼。那時，他絕對不會貪戀其他女人的誘惑，或者欲拒還迎地享受那種曖昧感情的交流，他那時的感情純得像一塊水晶。而現在，事實上他是熱衷於周旋在風情各有不同的美女之間的。什麼時候自己開始漸漸地變了，是不是功成名就的男人都避免不了這樣的改變？

「男人都是韋小寶！」

鍾情現在是他最得力的助手，進進出出的，他還是帶著鍾情，只是言行間客氣了許多，故意拉開了距離。張勝以為，以鍾情曾經受過兩次感情傷害的敏感，她感覺到自己的疏遠時，一定會做出相應的反應：刻意與他保持距離。

但是出乎他的意料，心思一向細膩的鍾情這次非常遲鈍，完全沒有感覺到他態度上的變化，有意的冷淡和疏遠沒有令她望而卻步。小璐到公司後，張勝的起食飲居本來已經不用她管了，現在她又重新接管了這些事情，而且更進一步，連張勝換洗衣服、理髮、洗澡，都得操心過問。

而秦若蘭呢，張勝不給她打電話，她也從不打電話來惹他生厭，這反倒令張勝對她生了幾分歉疚之意。但是他現在避猶唯恐不及，怎敢主動打電話聯繫？

他現在唯一想做的，就是找回小璐，找回失去的她，找回迷失的自己。

可是他找遍了和小璐能搭上界的一切人，走遍了小璐可能會去的一切地方，都沒有她的消息，她好像已經徹底消失在這個城市裏了。

為此，張勝沒少被父母痛罵，失魂若喪的他沒日沒夜地工作，藉此舒緩著心中的壓抑，如果不是鍾情無微不致的照顧，他可能早就累倒了。

閒暇時，他仍然開著車行於城市的大街小巷，茫茫人海，他知道小璐就在這座城市之中，卻始終無法找到她。他們事實上仍在一座城市，可是彼此卻如遠在天涯……

時間一天天流逝，初冬的第一場雪已經降臨，原本這個時候正是張勝和小璐張羅婚事，步入洞房的時刻，然而現在他卻只能望著那孀孀而落的雪花悵然若失。

這天下午，是公司例行的周會，臨近冬天，冷庫方面的生意差了些，但是因為年底前後節日多，水產供應非常紅火，所以目前的經營重點放在了水產批發市場的建設上。參加會議的有鍾情、黑子和新聘的財務部經理牛若軒，郭胖子因為去市裏聯繫業務，還沒有趕回來。

張勝介紹了公司下一階段的經營重點和經營策略之後，說：「下一階段，我們的工作重心要轉到水產批發市場方面，冷庫等明年三月天氣回暖之後再重新進行部署。嗯，主要就是這些。牛經理，財務方面，你有什麼建議？」

牛若軒把眼鏡戴了起來，拿起一摞資料說：「財務方面的問題主要有兩個，我們有大量的資金拆借給了徐先生，期限也很長，這是個問題。徐先生以個人持有的公司股份作為抵押，損失風險固然不是很大，但是造成了我們的流動資金非常短缺……」

張勝蹙蹙眉，不耐煩地打斷說：「這方面，我知道了，等最後一批廠房出售出租完畢，回籠資金多留出一部分作為流動資金就成了。其他的，還有什麼問題？」

牛若軒抖了抖手裏的資料說：「我們公司在寶元公司投資數百萬，使我們雙方建立了交叉持股、利益關聯的合作夥伴關係。寶元公司名聲在外，資產雄厚，董事長張寶元先生是我省著名民營企業家，這些對我們這個合作夥伴來說，都是可利用的無形資產，但是作為寶元公司的參股股東，對他們的經營風險，我們必須要做到心中有數。」

「張總，從我所瞭解的寶元公司的情況看，寶元公司並不像外界想像得那般強大，整個集團都存在著經營混亂、管理混亂、財務混亂的情況。集團公司外強中乾，許多正在進行的項目都是盲目上馬，能否產生效益很難說。」

張勝凝神問道：「你的意思是不是說，寶元集團現在的經營存在著許多重大隱患？」

牛若軒不置可否地笑了笑。

鍾情莞爾道：「牛經理，這裏沒有外人，知無不言，言無不盡嘛。」

牛若軒沉吟了一下，說道：「電視、報紙給了這家企業太多的讚譽，給張寶元先生披上了太多的光環，包括一些職能部門頒發的林林總總的獎狀、證書、牌匾，讓這家民營企業就像是戴上了金光罩，只要它一天不倒，那層光環就能掩蓋發生在它身上的所有問題。」

「但是，能不被它的光環所眩目的人，就會發現它內部已經矛盾重重。張總，寶元公司不止是內部管理的問題，我認為，這家公司在經營策略上存在著非常嚴重的問題，盲目擴張是它最大的風險。老企業要經營、公司的貨款要支付，新項目要投入，形成了一環扣一環的鏈條，一旦某一個環節出現資金鏈的問題，就會引發連鎖反應。」

「寶元公司新上馬的項目，有的效益週期太長，有的風險太大，有的根本不是一家仍處於粗放經營的民營企業能夠承辦的業務。風險一旦來臨，這些企業中相當一部分就將面臨虧損、破產的風險，一個問題的出現，會引發多米諾骨牌反應，從而導致整個資金鏈的斷裂，那時……」

牛若軒笑了笑住了嘴，鍾情目光一閃，接口道：「呼啦啦似大廈傾，昏慘慘似燈將盡？」

牛若軒道：「如果資金周轉嚴重失靈，不排除這種可能。越是龐大的企業，越容易存在著不可挽救的重大問題。」

「寶元公司近來集資超過五千萬，就說明他們的流動資金非常緊張，而且這意味著他們已經失去從銀行融資貸款的可能，那他們短期內就不具備償還能力。他們是資產雄厚，而不是資金雄厚，這資產，大多是已經做了抵押貸款的，所以……」

張勝摩挲著下巴，疑惑地道：「老牛，我們在寶元公司有投資不假，不過你是不是有點過於鄭重其事了，他們的風險和我們有多大關聯？」

鍾情側頭思索著說：「我想，我有些明白牛經理的意思了，我們和寶元公司是交叉持股，所以有那麼點一損俱損、一榮俱榮的意思。」

牛若軒畢竟剛來公司，又聽說張勝和張寶元關係不錯，所以有些話不方便說得太透太明白，現在有鍾情替他點出來，他忙笑著點了點頭。

鍾情蹙眉問道：「那麼，牛經理有什麼辦法，儘量避免我們的損失和連帶風險呢？」

「這個，操作上比較簡單，阻力主要來自於……」

這時，郭胖子風風火火地趕了進來，張勝一見，招手道：「胖子來得正好，快坐下，一塊兒研究……」

「勝……張總，請你出來一下，我有點事，想單獨和你……說一說。」

「哦？」張勝疑惑地看了他一眼，向圍坐在辦公桌前的下屬們頷首一笑，起身跟著他走了出去。

「胖子，什麼事啊？這麼神秘？」

郭胖子一把抓住他的手，神經兮兮地道：「勝子，我今天看到小璐了。」

張勝一聽，一把抓住了他，驚喜地問道：「她在哪兒？你快說。」

「冬天火鍋旺啊，我琢磨開拓客源，還得從酒店上下手，先聯繫出售牛羊肉卷的事，等建立了供銷關係，再開拓其他業務，所以專門挑些大酒店走……」

「你別說廢話啊，我……我真想捶你，快說她在哪兒！」張勝急得跳腳。

郭胖子本想賣弄一下自己的聰明才幹，見他急如熱鍋上的螞蟻，忙道：「我到了和平廣場旁的紫羅蘭路，那裏有家『巴蜀火鍋店』，我去介紹生意，出來的時候看到旁邊有個花店，裏邊有個女孩，我一看就覺著眼熟，嘿！定睛一看，真是小璐。」

張勝的心怦怦地跳起來，顫聲道：「她有沒有發現你？」

「沒有，我哪兒敢驚動她啊？我瞅準了人，還怕她是去買花的呢，我讓司機把車開近了些，坐車裏邊看，確認她是賣花的店員，一時半晌不會離開，這才趕緊跑回來了，你去一定能找得到她。」

張勝急問道：「那花店叫什麼名字？」

「愛唯一。」

張勝二話不說，轉身就走，衝出去幾步忽又轉了回來，衝進屋裏抓起外套。

鍾情站了起來，問道：「張總，什麼事？」

張勝擺手道：「沒什麼，先散會吧，有什麼問題回頭再說。我有急事，必須馬上出去一趟。」

張勝說完，急急地衝出了屋子。

第十章

陰差陽錯的緣份

小璐走到門口往下拉捲簾門，趁機向街對面深深地看了一眼，她只看到一個背影踩著厚厚的積雪，一步一步地向街盡頭走。

她的鼻子一酸，眼淚差點兒掉下來。

捲簾門放下的時候，她恍惚地想：

「明天……明天他再來的時候，我就陪他……回家吧……」

「愛唯一」花店的門臉很小，只有一間二十多坪的小房子，花店的生意在這個季節很冷清，不過週六週日結婚的人常會來聯繫佈置花車的生意。這種生意很辛苦，早上四五點鐘就得起來佈置接新娘的花車，不過裝飾花車的收入彌補了賣花淡季的損失，勉強可以賺出一個月的生活費來。

這種小本經營的花店很少請得起雇工，都是自己家人或與人合夥開店。這家「愛唯一」自然也不例外，它的店主就是鄭璐和鄭小璐。

鄭璐就是曾與鄭小璐同一宿舍樓，因為男友寫信絕交受了刺激誘發精神疾病的那個女孩。那次刺激，使她的精神一度不太正常，被迫辭去工作回家治病。後來精神狀態恢復了正常，但是由於所服的藥物含有大量激素，當初還算端莊可人的鄭璐變成了一個癡肥無比的女孩。

這一來她想找份工作就更難了，於是父母出資幫她開了家花店。鄭小璐心地善良，當初送她去醫院後，時常開導她，兩人一直保持著聯繫。小璐離開匯金公司後不想被張勝找到，於是沒有聯繫以前的同學、同事和朋友，獨自一人悄悄地來找鄭璐。

鄭璐經營花店一年多，多少有了些回頭客，生意比當初紅火一些，正嫌一個人忙不開，便慨然接受了她。鄭小璐拿出一半店資與她合夥經營，兩個為情所傷的女孩合作開起了花店。

張勝開車趕到的時候，只看到一個身寬體胖，身上好像套了四五件羽絨服的臃腫女孩在店裏，仔細看看店名，確實叫「愛唯一」，他又打電話給郭胖子確認了一番，便把車開到路對面的人行道上停了下來。

他以為小璐是出去送花了，現在男孩子追女人大多會送花，情人節自不待言，趕上生日什麼的，也會掏錢訂一束花，讓花店的人給她送去。女孩子當著眾多同事收到鮮花，虛榮心大感滿足，男人要得手也就容易多了。

張勝一直覺得這種舉動很無聊，小璐也不贊成他花錢買花，除了那日正式求婚買了一束玫瑰外，他還真沒給小璐買過幾次鮮花。張勝擔心如果去店裏等，小璐回來看到他就會溜掉，所以他沒敢下車，躲在車裏等候著。

此時，鄭小璐正在花店後面的一個大院落裏。這條街街面上都是古色古香的仿古建築，所以沒有高樓，「愛唯一」花店只是一間小平房，打開後門是一個大院落，方便要到這個院落裏的廁所去。

鄭璐和鄭小璐的花店房東就是這個大院落的主人。這位房東姓伊，她雇的員工都叫她伊太太，據說她是一位已故的大富翁的夫人。

伊太太已經六十多歲了，心地善良，虔誠向佛，是個很和藹的老人。她在這兒出資建了個流浪動物收養中心，雇了幾個人幫她在這裏照顧，她自己一有空暇也會趕來。

小璐和她認識後，一閑下來就過來幫忙。這時，老太太正在親自照顧她收養的小動物，小璐店裏生意不忙，便也趕了過來。

大院兩側是幾間廂房，都建成了動物居住的房舍，收拾得既乾淨又舒適，但是走進裏面去，看到那些小動物是不會讓人感到開心的。這裏面的小動物都是被人遺棄的，除了少數動物身體健全外，大多數都曾被主人虐待或被遺棄後遭路人打傷。

第一間房是狗舍，除了幾隻健康的小狗，大部分都有殘疾，有隻被人打斷兩條後腿、傷處腐爛後才被好心人送到這裏只能截肢的小狗，伊太太找木匠給牠做了個像輪椅似的小拖車，把牠的後半身放在小車上，拖著走路。另一條被某位闊太太拋棄的寵物狗則四肢完全癱瘓，整天只能臥在那兒，徒勞地想要移動牠的身子。

另一間屋子則是貓舍，伊太太蹲在地上，幾隻小貓兒親熱地圍過來，舔著她手上的食物。小璐蹲在她旁邊，開心地看著那些雀躍的小貓，忽然，她看到一隻瞎了眼的小貓弓著背，毛都豎了起來，緊張地躲在一邊，很害怕地看著她們。

小璐憐心大起，她從貓食袋裏掏了一把，放在掌心裏小心地往前一遞，那隻小貓趕緊又向後退了幾步，恐懼得似乎在發抖。

「阿姨，牠怎麼了？」小璐好奇地問道。

伊老太太看了一眼，搖頭歎息一聲，說：

「把食物扔過去就行了，牠不敢過來吃的。牠原來的主人本來對牠還不錯，後來一時性起，把牠的眼睛捅瞎了。送到這兒的時候，慘叫了幾天幾夜，從那以後，牠再也不敢接近人了。」

小璐一聽，鼻子直發酸。她照著伊太太的囑咐，不敢再靠近一步，只是輕輕一揚手，把糧食拋了過去，那隻小貓瑟縮地退了一下，低頭看看吃的，再抬頭看看她，生怕那是誘餌，還是不敢放心食用。

小璐蹲在那兒，那雙乾淨澄澈的眼睛靜靜而傷心地望著那隻小貓，那隻小貓也側著臉用一隻眼睛盯著她。過了一會兒，那隻貓竟慢慢湊近了小璐，然後一下子鑽進了她的懷裏。

小璐抱著牠，眼淚在眼眶裏打轉，那隻小貓則在她的懷裏瑟瑟發抖。

「阿姨，這些人當初那麼疼愛他的寵物，為什麼最後卻要如此殘忍地傷害牠？」

伊太太歎了口氣說：

「唉，罪孽呀，那些有錢人啊，與其說是喜歡牠們，倒不如說是喜歡給塊肉就被圍著轉的感覺。喜歡的時候寵著，一旦不喜歡了，就把牠們像垃圾一樣扔掉。」

「是啊！」柳大哥接口道：

「小璐，你剛才餵的那隻身上像長了皮癬的小京叭，其實是被燙的。牠原來的主人是個歌星，一有壓力就拿牠出氣，牠被主人扔掉數次後又自己找回家去。那位歌星不勝其煩，就往牠的身上潑開水，想燙壞牠的鼻子、燙瞎牠的眼睛，讓牠再也找不回去。後來是鄰居看不過，把牠送到這兒來了，我精心照料了一個多月，牠才活過來。」

柳大哥是這裏的員工，妻子因病去世一年多了，扔下一個剛剛三歲的孩子，他沒有工作，為了給妻子治病又落下一身債，伊老太太把他招聘來照顧這些沒有生路的小動物，其實也是給了他一條生路，他幹活是很上心的，乾脆把家也搬了過來。

「罪過，罪過！」伊太太不想再聽下去了，她站起來，撚著手裏的一串念珠，搖著頭向外走去。

柳大哥看了老太太一眼，歎氣說：

「唉，可惜這些小動物離了人，自己就活不了，否則，哪能三番五次地趕回去讓人這麼作踐？」

小璐擦擦眼淚，幽幽地說：「我想……牠們不會是意識到自己需要一個人照顧才能活，所以才非要趕回去吧。其實還是……還是牠心裏以為主人不會對牠那麼狠，還是捨不得那個家……」

柳大哥笑笑，說：

「也許吧，動物比人的智商低，但是說到情商，卻比人要質樸得多。我覺得倒是人類，越有知識的人，感情越淡薄。呵呵，不說這個了，這些本來都是我的工作，還麻煩你常來幫著照顧、打掃，你快回去吧，小鄭一個人在店裏呢。」

小璐站起來，拍拍衣襟，說：「沒什麼，天氣冷了，生意不太好，坐在店裏也是閑著，這麼忙活一下倒暖和。那你先忙著，我回去了。等晚上你去幼稚園接小雨的時候叫我一聲，我來幫你看著。」

「謝謝，不能老麻煩你，這兒還有其他人嘛。」柳大哥憨厚地笑道。

小璐也笑笑，向伊太太打了聲招呼：「阿姨，我回店裏去了。」便向花店的後門走去。

張勝一直東張西望地看，盼著小璐突然出現在路口。忽然，他發現小璐出現在店裏面，正和那個胖胖的女孩說著話，一時也顧不及想她是從哪兒冒出來的，他立即跳下車衝了過去。

「小璐，保鮮櫃有點問題，我下午去找人修，到時你照顧一下店裏。」

「好，前頭街面上就有維修電器的吧？要不中午我去看看，請師傅來修好了。」小璐接口說。

「小璐！」張勝衝進店來，氣喘吁吁地喚她。

「你……」小璐的表情先是一愕，然後迅即變得極其複雜，張勝還沒分辨出她的表情所蘊含的意味，小璐的神情已經漸漸趨於冷淡。

「小璐！」張勝本想把她叫出去談談，可是見她一臉冷淡的模樣，心裏不禁涼了幾分，低聲下氣地說：

「那天，我沒勇氣攔住你，後來找了你好久。小璐，你原諒我這一次好嗎？我向你保證，以後再也不會了。」

鄭璐和他雖是同一個廠的職工，但是彼此並不熟，尤其現在張勝衣著打扮和氣質與往昔大不相同，她根本沒認出這個帥哥來。眼見兩人之間似乎有些曖昧，鄭璐的一顆八卦心頓時熱切起來，她豎起耳朵，好奇地聽著他們的對話。

張勝說：「這些日子，我一有空就找你，大街小巷，你以前的同事、朋友、同學那裏，能聯繫上的我都打聽過了，找了好多地方，可是你躲著不見我……小璐，我們整整兩年多的感情，你忍心就這麼放棄？原諒我一次好嗎，就這一次。」

張勝懇切的目光和那讓人心酸的語調，幾乎讓小璐的心動搖了，可是她耳邊忽然迴響起伊太太方才說過的話：

「罪孽呀，那些有錢人啊，與其說是喜歡牠們，倒不如說是喜歡給塊肉就被圍著轉的感覺。喜歡的時候寵著，一旦不喜歡了，就把牠們像垃圾一樣扔掉。」

這句話重重地敲打在她的心頭，小璐不斷地自問：

「他喜歡我嗎？喜歡我，為什麼在就要結婚的時候，還和別的女人做那種事？他發達之後，還是只喜歡我一個人嗎？會不會有一天，在他眼裏，我也成為那隻被人三番五次拋棄的小狗，直到被人用開水澆著離開，弄得遍體鱗傷？」

陰影籠上了小璐的心頭，那個她是誰？是個歡場女子的話還好，男人逢場作戲，如果……如果她是個很正派的女孩子，那麼他們之間能發生那種事，必然是有了很深的感情，自己要不要在感情的戰場上打一場沒有退路的戰爭？

她咬了咬牙，緩緩抬起頭，問道：「她是誰？是那種……歌舞廳裏的女孩嗎？」

張勝有些不安，用懇求的聲音說：

「小璐，我們不要談起她好嗎？我來找你，是一心一意要與你破鏡重圓。過去的一切，請讓它過去吧，好嗎？」

「不，這對我很重要。我要知道，她是不是你逢場作戲的一個女孩子，是不是一個生活很隨便、為了錢才跟著你的女孩，如果她再來找你，你會不會趕她走？」

張勝知道此時此刻該怎麼說，如果現在把秦若蘭描繪成一個放蕩隨便的性夥伴，說不定就能讓小璐放下心來回心轉意，但是儘管讓小璐回頭的誘惑那麼大，他卻說不出一句褻瀆和侮辱秦若蘭的話。

那個女孩，是他一生無法彌補的虧欠。雖說秦若蘭不要他負責，可張勝心裏明白，第一次對一個女孩子意味著什麼，意味著她的人生從此打上了自己的烙印，正如他永遠無法從心底抹掉她的痕跡一樣。

他想勸回小璐，卻又不甘對秦若蘭有任何不公正的評價，於是這挽回便更加艱難。

「小璐！」張勝艱澀地咽了口唾沫：

「她……她不是個隨便的女孩子，她家境很好，工作也很好，為人很正派。那天，我們兩個是喝多了酒，真的，我發誓，我們兩個都沒想過會做出……做出……唉！」

小璐的心涼了，直到此時此刻，張勝還在維護那個女孩。

還要回頭嗎？回頭得到的會不會是更大的傷害？

她咬咬牙，很平靜地說：「我明白了……勝子，你回去吧。你來找我，我想是歉疚和不安的感覺更多一些，而不是那麼需要我。勝子，謝謝你，在我最痛苦的時候陪著我，整整兩年時光。」

「其實，在你發達之後，我就感覺我們之間的距離越來越遠。這不是你的錯，我想過安寧平靜的生活，而你的事業多姿多彩，我一直禁錮在自己的思想裏，雖然我努力過，可是和你的世界、你的生活方式還是格格不入，我不是那個適合陪伴你一路披荊斬棘，見證你的成功、分享你的榮耀的那個女孩。」

「小璐，你在說什麼渾話，事業與家庭根本是兩回事……」

小璐猛地轉過了身去，用冷淡的聲調說：

「不用說了，請你走吧，這店不是我一個人的，我不想給我的朋友添麻煩，請你以後……不要再來找我。」

「哦……其實進來坐坐沒關係的，我不嫌煩！」鄭璐急忙表白，但是兩個人都沒理她。

這時一個客人走進了花店，問道：「裝飾婚禮頭車多少錢啊？」

「您需要哪個款式的？櫃檯下有照片，請您看一下。」小璐撇下張勝迎上去，熱情地向他解釋著不同的花車裝飾。

鄭璐見那個帥哥被小璐晾在一邊，心裏頗為不安。她是被男朋友甩過的，她無法想像這麼有型、這麼富有的一個年輕帥哥肯這樣低聲下氣地道歉，小璐為什麼還是一副拒人於千里之外的模樣。如果她以前的男朋友有這個帥哥一半的態度……

「唉！」她暗暗歎了口氣：「小璐這性子也有點太倔強了。」

她有心想為兩人撮合一下，忙從櫃檯後邊繞了過來，搬過一個凳子說：「小璐正忙，你先坐坐吧。」

張勝看看小璐，她連頭都沒回，張勝苦笑一聲，黯然搖搖頭，啞聲說：「不打擾了，我……改天再來看她。」說完轉身走了出去。

小璐伏在櫃檯上，指著不同花車的圖案正給客人講解著，彷彿一眼都不曾看過張勝，但是當張勝轉過身悄然走出花店大門的時候，她卻突然失聲，指著那圖片，半天從聲帶裏發不出一點聲音。

人生若只如初見，何事秋風悲畫扇……

小璐指著的花車照片，在她眼睛裏迅速朦朧成了一團。

有情未必終老，暗香浮動恰好，無情未必就是無情，也許是因為太深情，一如小璐。她正從一個極端走向了另一個極端，正因為深愛著張勝，正因為她珍惜兩人之間的感情，所以她不敢再接受、不敢再嘗試，因為她怕連那段難忘的經歷和最初的感覺也在今後的摩擦中消失。

回到公司，郭胖子和鍾情還在等，張勝一出現，兩人就同時湊了上來，郭胖子搶先問道：「怎麼樣，見到了吧，她怎麼說？」

張勝搖搖頭：「她還是不肯原諒我。」

郭胖子歎了口氣，拍拍他的肩膀說：「說實在的，這事你做得真不怎麼樣，還有兩個月結婚，你還在外面花。小璐那樣的姑娘，一向潔身自愛，沒氣瘋了就不錯了。不過……你別氣餒，烈女怕纏郎，多跑幾趟，不信她是鐵石心腸。」

張勝嗯了一聲。

鍾情拍了拍他另一個肩膀，鼓勵說：「對，精誠所至，金石為開！」

說這話時，她的目光閃爍不已。如果是徐海生那種久經情場的男人，一定能感覺出她話裏的言不由衷，但是張勝卻是品味不出的。

鍾情並不是不希望他與小璐復合，只不過是人就有私心，是人就想爭取自己的幸福。鍾情從不敢奢望張勝會成為陪伴她一生一世的男人，但這並不能阻止她的一顆心漸漸地全都放在張勝身上。否則，一個曾經千夫所指的女人，最敏感的就是被人說三道四，她怎麼肯主動去照顧張勝的起食飲居，怎麼肯陪他出雙入對，被人背後指指點點全然不顧？

然而她深知張勝和小璐的感情，他們是從貧賤中一齊走過來的一對情侶，自卑和道德感使鍾情克制著自己的感情，不敢逾雷池一步，但是當她知道張勝在小璐之外，居然和別的女人發生關係之後，她心裏最強烈的感覺居然是吃醋。

本來……她是有機會接受張勝的愛意的，哪怕只是施捨給她那麼一點點。她小心翼翼地維護著張勝和小璐，可是現在卻有另一個女人突然殺進來，叫她情何以堪？她的防線在漸漸崩潰，私心一起，這祝福也就少了些誠意，她嫉妒那個捷足先登的女人。

張勝沒有感覺到她複雜的語氣，他再次點點頭，心頭萌生起一股希望：「是啊，精誠所至，金石為開，多跑幾趟，不信不能讓她回心轉意！」

初雪之後，天氣愈見寒冷，第二場雪、第三場雪，聖誕、元旦……

日子一天天過去，張勝有時間就到「愛唯一」花店外靜靜地佇立，期盼小璐會走出來，對他說一句：「我原諒你！」但是他卻始終沒有等到想要的那句話。

經過鄭璐的大喇叭宣傳，左鄰右舍乃至後院遺棄動物收養中心的人全都知道，經常站在「愛唯一」花店前的那個開賓士、穿名牌西裝的年輕小夥子，是小璐的對象了。

有些人當成茶餘飯後的閒話予以嘲笑，也有許多人加入規勸的陣營，這反令小璐起了反感，她覺得張勝這麼做太沒有誠意，簡直像是在作秀，個人的感情事，她羞於讓大庭廣眾知道，誤解使得兩個人之間的距離越來越深。

明天，就是除夕了。

張勝因為小璐的事，隔三岔五就被父母一番責罵，他多麼希望大年夜小璐能原諒他，跟他一起回家吃個團圓飯呀。

今天，下著大雪，張勝打著一把黑雨傘，靜靜地站在雪地上吸著煙。對面的花店裏只有鄭璐那個胖姑娘，她伏在櫃檯上，不時托著下巴向對面瞅瞅，然後暗暗歎一口氣。

小璐正在動物收養中心裏幫著打掃。明天就過年了，大多數員工都回家了，柳大哥因為就住在這裏，所以擔當了大部分工作。他一邊清理著垃圾，一邊苦口婆心地勸：

「小璐啊，你聽大哥一句話沒錯的，男兒膝下有黃金，不管他以前有啥對不住你的地方，能做到這個份上夠可以了。你自己說，現在的年輕男孩子，有幾個能這麼誠心、能這麼低聲下氣的？」

「再說了，浪子回頭金不換，就當他以前有點花心吧，這不是誠心悔改了嗎？以前花心，以後抵抗誘惑的定力就比普通男人強得多。明天就是大年夜了，人家還站大雪地裏等你，多實誠的人啊……」

「柳大哥，你別說了！」

小璐嗔怪地瞪了他一眼，賭氣放下掃帚，走到屋舍中，拍拍手，柔聲說：「來，小虎，抱抱。」

那隻曾經被主人捅瞎了一隻眼的小貓一見她，就興高采烈地撲過來，縱身一躍，撲進了她的懷裏。

小璐輕輕地撫著牠的脊背向另一間屋走去，柳大哥的女兒小雨穿著一件嶄新的花格棉襖，手裏拿著一塊灶糖笑嘻嘻地向她走來，奶聲奶氣地叫：「小璐阿姨，抱抱！」

小璐就住在店裏，所以常有時間來照顧這些小貓小狗，或許是動物更能感受到人類的善良與否，牠們奇蹟般地與小璐相處最為融洽，儘管照顧牠們最多的人不是小璐，但是一見小璐，牠們就分外親切。

小璐也把這些小寵物當成了自己的孩子，三歲大的小雨和她相處得也像是親人一般。

小璐呵呵一笑，張開另一隻手，把她抱了起來。

「今天的雪可大著呢，你看院子裏，掃了一層又一層，人家在大雪地裏可站了有兩個小時了。唉，小璐啊，你自己琢磨著辦吧。」

柳大哥不死心地又說了一句。

小璐臉上的笑容消失了，想著站在馬路對面的張勝，她那顆冰冷的心開始漸漸融化了。

「我……回店裏看看，要是沒啥生意，就早點打烊了，鄭姐也該置辦點年貨回家去了。」

「好！快去吧，我打掃完了這一間，就回去包餃子了，呵呵……」柳大哥是過來人，如何聽不出她的言不由衷，他笑著答應一聲，走過來接過了女兒和小貓。小璐感覺被人窺破了心事，臉上不由一紅。

零星的鞭炮聲，顯得下午的時光無比寂寥，街上的行人非常稀少。

張勝舉著傘站在街對面，傘上積了厚厚一層雪，

想起頭一次邀請小璐去看焰火的那一晚，小璐獨自在房間裏包餃子的情景，張勝心裏一

痛。那時的一切，現在想來恍若一夢。

「小璐啊，小璐，我表現得還不夠誠意嗎……」張勝的耐心幾將耗盡，他憤懣地仰起臉，把傘微微撤開，讓雪落在臉上，雪迅速化成水滴，恍若是淚。

「明天，就是除夕了，這麼些日子來，我無論風雨，天天等候，始終等不來你的回心轉意。今天，將是我等你的最後一天。我錯了的已經錯了，我該努力的已經努力，我背叛過你，不代表我可以踐踏全部的尊嚴來乞求你！」

「天天站在這裏，風雨不誤，忍受著別人的嘲笑，只為挽回我們之間的一切。該表示的誠意，我已經全都表示了，如果你對我還有一絲情意，就該走出店門來見我。明天是除夕夜，是今年的最後一天。明天我不會再來，這是今年的最後一天留給我的尊嚴。」

小璐出來了，但是今天的雪好大，朦朧了她的倩影。

小璐回到花店，和鄭璐說著話，勸她早點打烊回家，然而她的目光也在一直偷偷溜著馬路對面。看到那個打著傘站在雪中的人影，她的心不受抑制地跳了起來。

「小璐阿姨，陪我包餃子！」

小雨打開後門，像隻小燕子似的跑了進來，手裏拿著一塊餃子皮，臉上還沾著幾處麵粉，咯咯地笑道：「小璐阿姨，陪我包小金魚，還要包大烏龜，好不好？」

小璐正覺心煩意亂，鄭璐別具意味的眼神弄得她渾身不自在，小雨的闖入給她解了圍，小璐把她抱了起來，笑道：「好啊，你會包餃子嗎？」

「我會呀，我包餃子給你吃，你包餃子給爸爸吃，爸爸包餃子給你吃好不好？」

小璐被她繞嘴的話逗得笑了起來，眼角偷偷一瞥，張勝還直挺挺地站在那兒，一動也不動。她負氣地對小雨大聲說：「好！阿姨陪你去包餃子！」

「小雨，你這孩子，怎麼跑這兒來了。」柳大哥兩手滿是麵粉地跑出來，笑著說：「一眼看不住你就亂跑，再淘氣打你屁股！小璐阿姨還有事做，不要打擾她，來，咱們回去包小金魚。」

他手上沾著麵粉，不能去抱，便張開懷抱，小璐把孩子放到他懷裏，柳大哥摟住女兒向後門走去。小璐這才得空回頭看了一眼，門口已經不見了張勝的身影，小璐的心忽悠一沉。

鄭璐緊張兮兮地趕過來，急道：「殺人不過頭點地，你要人家怎麼讓你才成啊？還不快追出去？」

小璐的心空蕩蕩的，但是一個女孩家的自尊，讓她無法放下矜持追出門去，她故作輕鬆地說：「好啦好啦，你別操閒心了，快點收拾收拾回家吧，今天沒有生意上門啦，打烊！」

小璐走到門口往下拉捲簾門，趁機向街對面深深地看了一眼，她只看到一個背影踩著厚厚的積雪，一步一步地向街盡頭走。她的鼻子一酸，眼淚差點兒掉下來。

捲簾門放下的時候，她恍惚地想：「明天……明天他再來的時候，我就陪他……回家吧……」

風雪呼嘯，張勝沒有開車，如果現在開著車，他擔心自己會情緒失控，他就那麼大步地走著，使勁地踩著腳下的雪，「咯吱咯吱」的雪聲中，他把傘一丟，任它隨風吹去，霍地一下扯開了自己的胸襟。

「結束了！」

張勝咬著牙在心裏吶喊一聲，扯了扯衣領，任那風扯著雪，灌向他的胸膛！

一個人，一生當中大多會有一次傷筋動骨的愛情，愛也罷，不愛也罷，合也罷，散也罷，來來去去，都是一場看不見硝煙的戰爭，這場戰爭的參與者，註定了要遍體鱗傷。

既憤且痛的張勝走出紫羅蘭路，向左一拐不遠處就是和平廣場，張勝站在紅軍塑像群下平靜了一下情緒，漫無目的地繼續向前走去。

這裏熱鬧多了，儘管下著雪，但是廣場上還是有許多人，銷售鞭炮煙花的攤子打著紅色條幅兒攬著生意，一些剛剛下班的人推著自行車穿梭在各個攤位之間，許多人自行車後架上都綁著單位發的帶魚、蘋果和其他年貨，上面薄薄一層白雪。

「就像自己還在廠子裏時一樣，那時雖說苦點，可生活多麼單純，弄到一本掛曆，分上幾斤帶魚，就滿足得不得了，現在……唉，錢我是有了，可是幸福在哪兒？」

張勝苦笑著搖搖頭，身旁一個女孩背對著他，站在一個鞭炮攤前輕聲唱著歌：「真情像梅花開遍，冷冷冰雪不能淹沒，就在最冷枝頭綻放……」

張勝沒有在意，突然想起了一個人、一件事，心中重疊起許多難忘的情景畫面，一時有點錯亂時空的感覺。

鞭炮攤主問：「小姐，就要這些了吧？」

女孩中斷了歌聲，說：「把那個大禮炮也搬下來，都幫我綁一起。」

腳似乎凍僵了，她跺著腳說：

「真是的，平常煩他們吧，整天在我身邊晃悠，這會兒想找個免費司機，一個都不見影兒。」

這聲音……張勝身子一震，猛地扭頭看去。

雖說是冬季，但是女孩的身段仍然很苗條，東北的女孩經常這樣子，為了姣好的體形，大冬天的也不肯多穿一些，名副其實的美麗凍人。

這個女孩穿著黑色緊身褲，米色迷你裙，上身穿偏襟外套，外罩復古風格的小披肩，頭上戴了頂俄羅斯民族風情的粗羊毛軟帽，既俏皮又高雅，這是個很會打扮的女子。

「蘭子！」張勝鬼使神差地叫出了口。

「你……勝子！」秦若蘭扭頭，驚呼，畏怯，然後是一臉驚喜。

張勝差點沒把自己的舌頭咬下來，他咧嘴笑笑，像含著個苦膽似的：「你……怎麼在這兒？」

「啊！要過節……爸媽陪爺爺回鄉下，我不想去……一個人冷清……」秦若蘭的臉蛋兒不知為什麼突然紅彤彤的，神情忸怩，說話也結結巴巴起來。

「怎麼這樣，你姐姐呢？要不去你表弟家呀。」

曾經同床共枕、曾經恩愛纏綿的一個女孩突然再次出現在他的面前，張勝心裏也彆彆扭扭的。

「我不想去，我姐……是刑警嘛，最近在辦一樁案子，哪兒顧得上我。」

秦若蘭說著，戴著絨兔子手套的小手不安地握緊了又鬆開，一副手足無措的模樣。

「小姐，捆好了，一共二百六十四塊，你給兩百六得了。」攤主包好了鞭炮說道。

「哦！」秦若蘭轉身掏錢，旁邊一隻大手擦著她的衣袖伸了過去，張勝說：「我付吧，你的車在哪兒，我給你搬上去。」

「我沒有車呀，一個人悶，就跑和平廣場來了，逛著，就想起了買鞭炮。」秦若蘭吐吐舌尖，像個犯了錯誤的孩子似的解釋說。

「那……搭車走吧，我幫你抬到路邊去。」

「哦！」秦若蘭頭也不敢抬，像個受氣小媳婦似的跟在他屁股後面。

張勝吃力地拖著一大堆煙花鞭炮，她也沒想起來幫著抬一下，神思恍惚的也不知在想些什麼。

兩個人走到路邊，誰也不敢看誰，心都在怦怦跳，中間隔著一堆一點就著的火器，兩個人傻頭傻腦地伸著脖子看過往的車輛，半天也沒想起來伸手攔車。

臨近年關，搭車的人多，這裏又是廣場靠近中間的地段，經過的計程車全都有客，站了一會兒見搭不到車，張勝說：「你等一下，我去把我的車開過來。」

「好！」還是一聲。

張勝走回「愛唯一」花店對面，只見捲簾門已經完全鎖上了，張勝心裏先是一酸，繼而一怒，他跳上車，決然地發動車子拐上了和平廣場。

停好車，把煙花鞭炮搬到後車箱裏，兩個人坐進車裏。張勝握著方向盤瞅著前方兩眼發直，過了片刻突然沒頭沒腦地問了一句：「去哪兒？」

秦若蘭奇怪地瞟了他一眼，說：「我家呀。」

「哦！」張勝一拍額頭，苦笑一聲發動了車子。

他那副神經短路的模樣逗得秦若蘭「噗哧」一笑，忙又趕緊忍住，裝作若無其事地扭向一邊。

可愛女孩的笑不盡相同。小璐的笑是那種讓人看了如沐春風從心裏往外甜的笑，而秦若蘭一笑時俏皮中透著嫵媚，清純裏藏著妖嬈，都是韻味十足各擅勝場，只是張勝此時正自情傷，沒有心情欣賞。

兩個人一路無話，車子開進靜安社區，駛到了秦若蘭的家門口。

張勝對這裏已經有了些瞭解，知道這些小獨樓住的都是軍級以上離休的將軍。從年齡上來說，秦若蘭的父親不太可能是離休幹部，所以這處樓房應該是屬於她爺爺的。因為這是若蘭的家事，所以張勝從未仔細詢問過。

停好車子，張勝扭頭看看秦若蘭，說：「到了。」

秦若蘭向外看了看，有些失神：「嗯，雪還在下……」

張勝咳了一聲，問：「我……幫你把鞭炮搬進去吧？」

秦若蘭低著頭嗯了一聲，身體卻沒有挪動。張勝已經打開了車門，又關上，靜靜地看著她。

過了好久，秦若蘭才用細若蚊蠅的聲音低低地說：「這些日子，你還好嗎？」

「……不好，很不好！」

「……」

「女人的直覺真是很可怕，也可能……是我太心虛，被小璐看出了端倪，她問我……」張勝自嘲地一笑，「我想撒謊來著，可終究還是……還是不敢騙她，結果……她離開了……」

他放下車窗，點燃一支煙，把頭扭向窗外，感傷地看著那似煙花墜落的白雪，雪如羽如絨，如夢如幻。

「對不起……」秦若蘭囁嚅地說，「我聽……哨子他們隱約提起一些，我不敢問……心一直揪著，怕影響了你們，想不到還是……這樣的結果。你……你們……不能挽回嗎？」

張勝輕輕搖搖頭：

「你不瞭解她，她的性子非常偏執，她的心一旦被傷害，就很難回頭。我已經盡了最大的努力，結果卻是……」

他將剛吸了兩口的煙狠狠地彈入飄雪之中，淡淡地說：「我和她……今天徹底結束了！」

「對不起……」

張勝搖搖頭，淡淡地說：「別跟我說對不起，說起來，我負了她，但是也負了你，該說對不起的人是我。」

秦若蘭低著頭抽噎，眼淚落在手背上：

「我……知道你恨我……是我破壞了你們，可我不想的，我真的不想的。那天晚上，我也不知道為什麼，直到現在，我還像做夢似的。」

張勝歎了口氣，轉身輕輕勾起她的下巴，替她拭去臉上的淚，輕聲勸道：

「好了好了，我已心亂如麻，你就不要再哭了。這事要怨也怨我，你不用內疚，男人不願意，女人總歸是強姦不了男人。」

秦若蘭雖是滿心難過，還是被他這句話逗得「噗哧」一笑。她一笑出聲，覺得很不好意思，馬上又把頭低了下去。

張勝的手還勾在她的下巴上，她的下巴光滑、柔嫩，手感非常舒服，張勝的手指下意識地摩挲著，沒有拿開。

秦若蘭低著頭輕聲說道：「那麼……那晚……你是願意的嗎？」

這話問完，她已滿臉紅暈。張勝手指一僵，忽然意識到自己向她傳遞了一個很容易叫人誤解的資訊，麻煩了。

張勝沒有回答，秦若蘭的呼吸漸漸急促起來，她忽然一把抓住張勝的手指，送到自己嘴裏，使勁地咬著，咬得滿臉是淚。

張勝看著那張無限委屈和哀傷的臉，忽然一手撐著駕駛台欠身而起。秦若蘭抬頭看他，眼神驚中有喜，她順從地閉上了眼睛，密密的眼睫毛像春天的小草，美麗而溫和。

張勝探頭過去卻沒有吻她，而是與她交頸而過，伸手打開了車門：

「走吧，我……幫你把東西送進去。」

秦若蘭睜開眼，吸了吸鼻子，表情有點糗。

坐在客廳裏，片刻的工夫，果盤、花生、瓜子、糖果就全都擺到了張勝的面前。看得出這客廳裏一向是不准吸煙的，秦若蘭又一溜煙兒跑出去，不知從哪兒找來一個煙灰缸，擺在他的面前。

她討好的舉動令張勝既感動又難過，他有點不自在地說：

「你……不要忙了，我坐一會兒就走。」

「哦！」秦若蘭直起腰，瞟了他一眼，小心翼翼地說：

「我……我今天……一個人在家……」

聲音很小，聲音很誘惑，張勝的心「撲通」一跳。很少有男人能夠拒絕女人這樣的暗示，尤其是一個年輕、健康、美麗、多情的女子的暗示。

他的臉不禁紅了，期期艾艾地道：

「我……我知道……你在和平廣場說過了。」

秦若蘭忽然明白他誤會了自己的意思，臉騰地一下變成了鬥牛士手中那方紅布，滿臉紅暈做著徒勞的辯白：

「我是說……家裏只有我一個人，你……陪我吃頓晚飯好不好？」

「……嗯，哦，好！」

得到張勝的允諾，秦若蘭臉上的神采頓時飛揚起來，她綻顏一笑，說：

「那你先坐，哦……先看電視，我去做飯。」

洗手做羹使君嘗嗎？

張勝看著她興奮地衝入廚房，然後便叮叮噹噹地響起來，其聲之嘈雜比電視裏的聲音還大。

張勝心不在焉地看著電視，時而感傷著自己剛剛逝去的戀情，時而想起和眼前這個女孩的曖昧關係，直到秦若蘭繫著圍裙跑出來叫他去吃飯，他才如夢初醒。

秦若蘭做了好大一桌子菜，琳琅滿目，菜色豐富。王大姐鹵肉罐頭、霍大哥真空豬蹄、火腿雞丁罐頭、火腿三鮮罐頭、辣味三丁罐頭、魚肉罐頭、牛肉罐頭……有兩個炒菜，一個是冬菇罐頭，一個是炒雞蛋。

看看張勝的表情，秦若蘭的臉紅得像柿子，忸忸怩怩地道：

「我……一個人在家，圖省事，所以沒啥材料。其實……我會做飯的。」

張勝被她逗得幾乎要笑出來，他不想秦若蘭難堪，忙說：

「嗯，這些菜挺不錯的啊，很豐盛。」

秦若蘭悄悄鬆了口氣，展顏笑道：

「呵呵，你不嫌就好。那就坐吧，嘗嘗那湯，那可是我自己做的。」

張勝拿起湯匙來喝了一口，這甩袖湯做得倒是不錯，看來秦若蘭只是少下廚，悟性還是不錯的。

秦若蘭給他倒上一杯紅酒，在桌對面坐下來，笑眯眯地看著他吃，滿臉的幸福。

張勝其實不是那麼餓，只是不想辜負了她的好意，所以一副津津有味的樣子，見秦若蘭只是托著下巴在那兒看，便含含糊糊地道：「你也吃啊。」

「好！」秦若蘭甜甜地答著，卻仍沒有動作。

女人下廚，最幸福的時候不是做出一桌人人稱道的盛宴，而是看著心愛的男人吃得香甜的樣子，那才是她辛苦的最大回報。張勝不甚瞭解，又催促了一遍，秦若蘭才拿起了筷子。

這頓飯吃得很慢，兩個人並沒有說太多話，但是一個眼神、一個動作，都向彼此傳遞了太多太多豐富的語言。兩個人都想到那一晚最親密無間的接觸，想到這一切時心中是如何感觸不得而知，相信任何一對有著相同經歷的男女在這樣的情形下重逢，思及往事，都是一樣的思緒紛紜，難以捉摸。

這頓飯終於吃完了，張勝如釋重負，好像完成了一件艱難的任務。秦若蘭臉上愉悅的笑容也消失了，開始帶起不捨和不安的神情。

「我……吃完了……」

秦若蘭的手指無意識地捲著餐台的桌巾一角，捲起，再放開，再捲起，低低地應了一聲。

「已經八點半了。」

「再坐一下吧。」

「不早了，我想，該回去了。」

秦若蘭暗暗歎了口氣，快快地站起來：「那我送你。」

張勝走到門口，想要換鞋子，秦若蘭依依不捨地跟在他後邊，忽然低聲說：

「勝子……」

「嗯？」張勝轉身，探詢地揚了揚眉。

秦若蘭咬了咬嘴唇，鼓起勇氣說：

「你……這麼久，有沒有想起過我？」

張勝猶豫不語，他從來不知道說一句真話那麼難。那天在民政局面對小璐時，明知那真話是她不想聽的，他猶豫著不想說。今晚，明知那真話是秦若蘭想聽的，他還是猶豫著不想說。做人，真難，最難的時候就是這樣兩難的境地。

霧氣迅速籠罩了秦若蘭的眼睛，她用鼻音哽咽地說：

「有沒有？哪怕……只有一次。」

張勝無奈地一聲歎息，說出了他的心裏話：

「有……不止一次。」

對小璐坦白那句實話時，他就知道是個錯誤，但是對小璐，他沒辦法撒謊。對若蘭坦白這句實話時，他仍然明知是個錯誤，但是他沒辦法狠下心腸再一次傷害她。

秦若蘭破涕為笑，一下子撲進了他的懷裏。

她滿足了，她不要太多，只要張勝能偶爾記起她的好，記起她的人，她就滿足了。這句話的回饋已經遠遠超出了她的預期，她緊緊地抱住了他。張勝嗅到她的髮絲有種初夏清甜的茉莉花香。

請續看《獵財筆記》之四　虎口奪食

獵財筆記 之三 商海獵金

作者：月關
發行人：陳曉林
出版所：風雲時代出版股份有限公司
地址：105台北市民生東路五段178號7樓之3
風雲書網：http://www.eastbooks.com.tw
官方部落格：http://eastbooks.pixnet.net/blog
Facebook：http://www.facebook.com/h7560949
信箱：h7560949@ms15.hinet.net
郵撥帳號：12043291
服務專線：(02)27560949
傳真專線：(02)27653799
執行主編：劉宇青
美術編輯：許惠芳

法律顧問：永然法律事務所 李永然律師
北辰著作權事務所 蕭雄淋律師

版權授權：蔡雷平
初版日期：2015年2月
初版二刷：2015年2月20日
ISBN ：978-986-352-114-3

總 經 銷：成信文化事業股份有限公司
地　　址：新北市新店區中正路四維巷二弄2號4樓
電　　話：(02)2219-2080

行政院新聞局局版台業字第3595號 營利事業統一編號22759935

定價：280元　特價：199 元

國家圖書館出版品預行編目資料

獵財筆記 ／ 月關著. -- 初版-- 臺北市：風雲時代，
2014.12 -- 冊；公分

ISBN 978-986-352-114-3（第3冊；平裝）

857.7　　103021581